传承

中华优秀传统文化
青年读本

◆ 杨海涛 编著

百花洲文艺出版社
BAIHUAZHOU LITERATURE AND ART PRESS

序

黎隆武（中共江西省委宣传部副部长）

适逢仲春，杨海涛先生托人给我送来一部书稿《传承——中华优秀传统文化青年读本》。

饶有兴致地翻了翻，很快就被打动。书稿关于传承中华优秀传统文化的题材不可谓不重大，海涛先生信手拈来，却写得简朴生动有趣味。翻着翻着便不忍释手，竟会心一笑。

中华优秀传统文化博大精深，中华民族上下五千年历史所积淀的思想和文化习俗，是中国人的精神养分，是植根于中国人血液中的文化基因，是中华民族屹立于世界之林的魂魄！正是中华民族优秀传统文化生生不息的传承，铸就了中华民族灿烂辉煌的文明史，在世界文明史发展进程中写下了浓墨重彩的一笔！

文化，历来都是一个国家最重要的软实力，是一个国家和民族发展壮大的根基！历史一遍遍地告诉我们，国家的发展，民族的振兴，说到底，就是文化的发展与振兴！

习近平总书记在十九大报告中指出，"文化兴国运兴，文化强民族强。没有高度的文化自信，没有文化的繁荣兴盛，就没有中华民族伟大复兴。"坚定文化自信，做好中华优秀传统文化的传播、振兴、发展与传承的工作，让中国的青少年更多地在本土优秀传统文化中浸润、成长，是我们这一代人责无旁贷的使命。

在传承中华优秀传统文化方兴未艾之时，我很高兴地看到了海涛先生所著的这本书。书稿面向广大青年学生群体，通过思想之源、地理地名、礼制礼仪、节日节气、姓名称谓、民俗饮食、汉语汉字、文学艺术等11个方面的110个话题，普及性地传播了大量中华优秀传统文化知识。比如告诉广大青年人，不要光去忙着当圣诞老人，中国有自己非常可爱的"春节老人"；比如告诫年轻的男男女女，交杯酒是不能乱喝的，因为古人喝了交杯酒就等于入洞房；比如有趣地设想，假设没有中国古代的四大发明，现在的世界可能是一个什么样子的世界；比如提醒年轻人，宋朝的GDP，占全世界GDP总量的2/3，唐朝的长安，已经是一座150万人的国际大都市，而同时期的伦敦和巴黎，都只有1万人！诸如此类，不一而足。

这本书不光内容好，写法也很风趣，话语体系活泼、生动，以故事性很强的叙述方式，精心而鲜活地解构每一个话题，读来一点都不枯燥，可以带给阅读者很好的阅读体验。我此前曾经创作出版了畅销书《千古悲摧帝王侯——海昏侯刘贺的前世今生》，并因此而开展了150余场海昏侯专题文化讲座，深知一部作品适宜读者阅读的重要价值。海涛先生用这样的风格与青年人谈论传统文化，增加了阅读的兴趣，我必须要为这本书点个大大的赞。

　　文化自信必须立足于创造性转化、创新型发展。近些年主流媒体开发的《舌尖上的中国》《中国诗词大会》《鉴宝》《经典咏流传》等著名节目，都是很好的文化创新，让广大群众在生动活泼的欣赏中受到了中华优秀传统文化的熏陶和教育，润物细无声，这样的普及传播效果最好。海涛先生的这本书也是文化创新的生动实践。

　　海涛先生自小酷爱中医和《易经》，对优秀传统文化有着自己独特的研究视角，大学毕业后又从事了20多年大学生思想政治教育工作，在多年工作实践的基础上，深感青年学生需要中华优秀传统文化的普及性读物，但市场上却没有很合适的。于是，海涛就索性自己动起手来——这是非常宝贵的精神！他写出的这本《传承——中华优秀传统文化青年读本》值得读一读！

　　也祝贺百花洲文艺出版社独具慧眼，出版了这么一本好书，相信这本书将给江西的主题出版活动增添精彩靓丽的一笔！

　　是为序。

2018年4月18日

前 言
做中华优秀传统文化的坚定传播者

本人在高校从事学生工作23年，因天生愚钝，故不敢怠慢，常潜心调研，一线实践，以问题为导向，分析不同时期的学生需求，研究学生工作队伍的成长与发展。初心不变，一心只想为现在的学生和从事学生工作的同仁做点实事。

十八大以来，以习近平同志为核心的党中央集体，十分重视青年工作，多次在重要场合发表专题讲话，一方面强调弘扬中华优秀传统文化是强国之路，另一方面阐述继承和发扬中华优秀传统文化要从青少年学生抓起。这些话语和指示，点燃了我创作本书的初心与勇气。自2015年底，我开始执笔，并寻访多位文化名人以寻根解惑，积累考证，终于2017年底完成本书稿，付梓。

中华民族上下五千年文明史，积累了丰富的优秀传统文化。在大力发展新时代中国特色社会主义的今天，加强中华优秀传统文化的教育和传承，对于引导青少年更加全面准确地认识中华民族的历史传统、文化积淀和基本国情，坚定走中国特色社会主义道路、实现中华民族伟大复兴中国梦的理想信念，具有重大而深远的历史意义。

作此书，仅有三点目的：一是培养青少年爱文化、学文化的兴趣，从而传承中华优秀传统文化；二是为一线从事学生工作的辅导员制作一本关于优秀传统文化的工具书,可教可查;三是为高校学生工作教育管理的创新抛砖引玉,以激发更多的教师创作更多、更好、更接地气的精神食粮。

中华文化博大精深,笔者仅从一位爱好者、学习者的角度,进行探求式的阐述,并以趣味性的话语方式引入,加上故事性强的链接,以列问题、解答问题的方式,构架出一本生动鲜活、极接地气的文化"工具书",以求青年读者们能兴趣盎然地接受,比如告诉我们的青年学生,不光有圣诞老人,中国更有春节老人;比如让青年学子们了解,学一些《诗经》上的句子,对于个人素养和情感指导大有好处……

诚挚感谢江西省委宣传部、江西省教育厅、共青团江西省委、江西科技学院相关领导的关心,感谢南昌市易学研究会、江西烛光文化、百花洲文艺出版社等单位的大力支持,感谢诸位专家、学者、老师们的提点与帮助,才使得本书顺利面世。

因本人才疏学浅,书中有不当之处,敬请批评指正。

杨海涛
2018年春

目 录

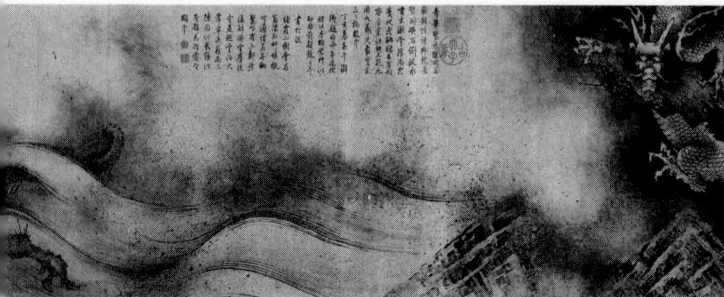

南宋·陈容 《九龙图卷》

少年中国说　　清·梁启超

少年智则国智，少年富则国富；少年强则国强，少年独立则国独立；少年自由则国自由；少年进步则国进步；少年胜于欧洲，则国胜于欧洲；少年雄于地球，则国雄于地球。

红日初升，其道大光。河出伏流，一泻汪洋。潜龙腾渊，鳞爪飞扬。乳虎啸谷，百兽震惶。鹰隼试翼，风尘翕张。奇花初胎，矞矞皇皇。干将发硎，有作其芒。天戴其苍，地履其黄。纵有千古，横有八荒。前途似海，来日方长。美哉我少年中国，与天不老！壮哉我中国少年，与国无疆！

第一编

思想之源

华夏民族的由来

作为本书的开篇第一讲，我们讲什么呢？

讲讲我们"中华"这个词吧，这也是我们这本书的主题"中华优秀传统文化青年读本"的主语。

中华，由两个字构成，"中"和"华"，"中"字，指的是一种生存状态，大抵是"中庸""和谐"，这个主题在下两篇会讲到。"华"字，则代表了汉民族"华夏"这个名称。

"华"字，据《左传·定工十年》载："中国有礼仪之大，故称夏；有章服之美，谓之华。""华夏"，指的就是居住在这块土地上的人民，穿着精致整洁的衣服，拥有周到雅致的礼仪，这是多么懂得礼仪、懂得自尊自爱、懂得尊重他人的民族啊，这是一个非常美好的称呼，从此，"华夏"便成了这个民族的代称，并逐渐衍变出"中华""诸夏""夏"等。

新石器时期的华夏先民并非一个统一族群，而是诸多活跃于黄河中下游的独立部落。五六千年前，陕西中部地区出现了一个强大的姬姓部落，首领是黄帝，其东面还有一个以炎帝为首的姜姓部落，双方经常摩擦，终于在中原地区爆发了阪泉之战，黄帝打败了炎帝，之后两个部落结为联盟，并攻占了周边各个部落，华夏族由此产生。

华夏族逐渐形成后，开始向东拓展，与东方的氏族蚩尤部落发生了重大冲突。蚩尤部落势力强大，掌握了冶炼金属的方法，一度是华北地区的霸主，但在涿鹿之战中，由炎、黄二帝所领导的华夏族击败了蚩尤部落，从此中原一带彻底成了华夏族的领地。

黄帝之后，华夏族分别经历了尧、舜、禹三帝，自禹的儿子启称帝建立夏朝起，原先的禅让制转变为父死子继的世袭制，华夏族也以夏朝为开端进入了文明时期，之后一直到汉朝，由于汉朝国力强盛，被世界各国称为"汉人"，"汉"

逐渐成为中华民族的正式称呼，"华夏"则成为汉民族的别称。

下左图：华夏族崛起的关键战役——涿鹿之战；
下右图：黄帝

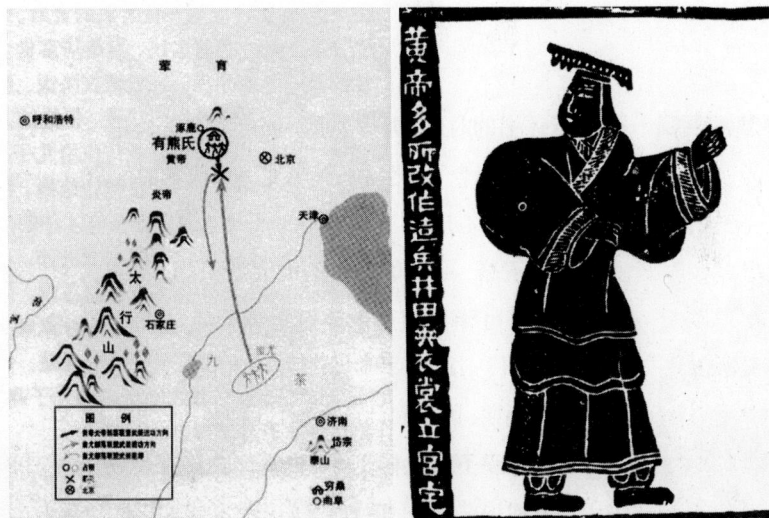

下左图：华夏族崛起的关键战役——涿鹿之战；
下右图：黄帝

链接

黄帝是男还是女

　　黄帝，是华夏民族最早的首领。相传，黄帝的母亲附宝受雷电感应受孕，足足怀胎24个月后生下黄帝。黄帝在襁褓之中就能语，稍大就能通百事，断是非。黄帝娶了西陵氏之女嫘祖为妻，共生了25个儿子。

　　从这些记述判断，黄帝的性别应为男性。然而，到了民国，随着对古籍研究的进一步深入，人们对黄帝的性别逐渐产生了疑问。

　　王国维《观堂集林》卷六《释天》提出：帝者蒂也，如花蒂形状。郭沫若持有同样观点。如果帝字象征着花蒂，就像花的子房孕育种子一样，那么"帝"一词就有生育的意思，而能生育的"帝"自然是女性了。

　　此外，《国语》《山海经·大荒北经》中，都有黄帝孕育生命的记载。

　　直至今天，黄帝到底是男是女，已经是个无法解开的千古之谜了。

三皇五帝到如今

听评书的时候，开篇总是一句话"自从盘古开天地，三皇五帝到如今"，然后一拍惊堂木，精彩的故事就一个个流入我们的心田。

三皇五帝，是中华民族的人文始祖。时间上，三皇距今久远，有可能在四五千年至七八千年以前乃至更为久远；五帝时代则距夏朝不远，距今4000多年。大体处于新石器时代晚期，国家和社会产生的前夜。

关于三皇五帝具体是谁，史籍记载中众说纷纭。仅仅关于三皇的说法至少有8种：《尚书大传》称三皇为燧人、伏羲、神农；《史记·秦始皇本纪》则称三皇为天皇、地皇、泰皇；《帝王世纪》认为三皇为伏羲、神农、黄帝；而《运斗枢》《元命苞》等书把造人的女娲视为三皇之一。关于五帝的说法也至少有5种：《世本》《大戴礼记》《史记·五帝本纪》列黄帝、颛顼、帝喾、尧、舜为五帝，这也是最普遍的一种；《礼记·月令》以伏羲、炎帝、黄帝、少昊、颛顼为五帝；而《尚书序》《帝王世纪》则视少昊、颛顼、帝喾、尧、舜为五帝。

实际上，三皇五帝并不是传统意义上的帝王，而是对上古功绩卓著的部落首领的尊称。譬如，神农氏勇尝百草，对农业生产做出了卓越贡献；伏羲则发明八卦，并与女娲一道确立了婚姻制度；黄帝则统一了华夏部落，是公认的华夏始祖。

我国古代统治者的称号"皇帝"，也与三皇五帝的传说有关。自三皇五帝时代以后，夏朝君主称"后"，商朝君主称"帝"，周天子称"王"，而战国诸侯大多僭越称王，尊周天子为"天王"。秦王嬴政统一中国后，认为自己"德兼三皇、功盖五帝"，因而合三皇五帝之称，以"皇帝"一词作为自己的正式称号，自称"始皇帝"。

从此，"皇帝"成为中国两千多年来封建社会最高统治者的称呼。

链接

蚕丛及鱼凫——古蜀国的上古领袖

"蚕丛及鱼凫，开国何茫然。"《蜀道难》中，诗仙李白以浪漫主义的手法概括了上古蜀国那玄幻离奇的历史。那么，古蜀国是否真的存在，而"蚕丛"及"鱼凫"，是否真的确有其人呢？

据《蜀王本纪》载："蜀之先王名蚕丛，后代曰柏灌，又次者曰鱼凫。"《华阳国志·蜀志》也有记载："有蜀侯蚕丛，其纵目。"从传说记载可以推断，在上古时期的蜀地，最早崛起的是一个名为蚕丛的部落首领领导的氏族，以"纵目"（指两眼竖生）为特点；这个氏族后来又被柏灌氏、鱼凫氏取代，直到"望帝"杜宇时期终于形成统一的古蜀国。

三星堆遗址是我国迄今为止发现的规模最大的古蜀文明遗址，出土的大量"纵目"青铜面具，从一个侧面佐证了蚕丛传说的真实性。但是，由于文字记录的匮乏，古蜀国的大部分传说依旧笼罩着一层面纱，亟待未来历史学家的发现。

和，中华思想的精髓

中华泱泱五千年，屹立于世界民族之林，浩浩荡荡，一泻汪洋，红日初升，其道大光。那么，中华文明五千年来，最核心的思想是什么呢？

很简单，就是一个字——和。

是的，"和"字，就是中国的核心，是中华五千年文明和思想的精髓！

请看这个"和"字，左边一个"禾"，右边，是一个"口"，这个意思非常明显，就是大家只要吃饱了饭，就都满意，皆大欢喜，四海升平。这是中国古代传统农耕文明典型背景下生出的一个字。

在中国传统文化的概念中，"和"是宇宙、自然、社会以及人生的规律和常态，是一种合作共生，友好共处的佳境。《庄子·天道》篇称"与人和者，谓之人乐；与天和者，谓之天乐"，天和、人和，即顺应自然，而不要加以人为的干扰，甚至破坏，以达到清风明月不须管，独居山间闻秋蝉的惬意境界。这是非常典型的中国传统哲学思想。

和，即是一种天下大同！正如《广雅》里对"和"字的解释：和，谐也。

所以，华夏民族传统上都以"和"为最大追求，希望社会和人生是一种中庸、和睦、和谐的境界。中国人也创造了很多以"和"为主题的词句，比如"和好""和平""谦和""和谐""和睦""和为贵""将相和""和气生财"，还有"君子和而不同，小人同而不和"（《论语·子路》）。

英文中关于"和"字的解释：and sum summation together with kind peace。

"和"这个汉字不光是华夏民族终极的追求，传到海外，还成了另一个民族的图腾，日本，自称"大和"民族，可见这个民族对于"和"字的膜拜，他们的传统衣服是"和服"，他们曾经建造过世界上最大的军舰"大和号"，不过，这个国家资源的匮乏决定了他们眼界的狭隘和心胸的不开阔，经常会做出与"和"字严重违背的不义甚至犯罪之举，这可真是玷污了"和"这个字的纯真境界了！

链接

中华民族伟大复兴的根基

"和谐"，在中华民族新时代发展进程中，有着特别重要的意义。

现在的中国，在以习近平为核心的党中央的坚强领导下，正在致力于实现中华民族的伟大复兴，在新的历史时期，弘扬、发展中国自古所崇尚的和为贵、和谐为美的社会理想，建设各阶层人民和睦相处、和谐共治的和谐社会，在这个基础上实现中华民族的伟大复兴，这正是中华民族所追求的最大目标。

为了这个目标，党和国家致力于完善整个社会的整体和谐：一是个人自身的和谐；二是人与人之间的和谐；三是社会各系统、各阶层之间的和谐；四是个人、社会与自然之间的和谐；五是国家与外部世界的和谐。

就如习总书记所说：实现中国梦的道路上，一个都不要落下。

和者，谐也。

和谐者，大同也！

《易经》，国人崇尚的群经之首

　　1914年，梁启超到清华大学演讲，引用了《易经》中的两句话"天行健，君子以自强不息；地势坤，君子以厚德载物"勉励同学们。从此，清华大学便以"自强不息，厚德载物"作为校训，培养了一代又一代杰出的人才。

　　《易经》又称《周易》，相传为周文王姬昌所作。因为旧时算命先生总是会带着一本《易经》，算命时翻一翻，推推卦象，所以，不少人认为《易经》就是一本占卜算卦之书，最多预测一下婚姻、财富、吉凶等等。可是实际上，这些内容只是《易经》这本奇书的冰山一角！

　　"易"者，变也，所以，《易经》，是一本阐释事物的变化——按照现在的说法——就是一本辩证地看待问题的书籍，《易经》又有人称作《变经》，因为易经的阴阳理论中，常伴变化之境，阴中有阳，阳中有阴，阴极则阳生，阳极则阴生，这是在告诉人们：即便遇到困难也不用过分痛苦，因为困难的一面正在好转，只是时间未到；得到成功也不用过分得意，因为好的一面有可能悄悄在逆转。这实际上就是中华民族的人文哲学之基，凝结着古代先贤的思想智慧，更是华夏百姓血液里流淌着的基因，是区别于外国人的根本所在。

　　从现有版本来看，《易经》主要内容有三个方面，一是伏羲先天八卦（大自然及天气变化）；二是周文王父子的后天八卦（在先天八卦的基础上综述天文、地理、数理、人事、社会之间的关系）；三是孔丘给此书做了个《十翼》。其中的阴阳变换、五行相生相克、六十四卦、三百六十四爻等变化无穷无尽，意义深邃，内容丰富，既有形而上的道，又有系统思维和哲学思想，更有具体应对和操作。后世的太极、阴阳、五行学说，就是在《易经》基础上形成的。

　　正因此，《易经》被尊为"群经之首、大道之源"。其广大精微，无所不括。自上古以来，大到安邦治国，小到齐家琐事，人们都习惯于从《易经》中寻找答案。

下左图：《易经》八卦图。

下右图：武侠小说大师金庸先生。

链接

金庸先生是位易学大师

有一个统计，金庸武侠小说中给读者印象最深的武功是《射雕英雄》中的"降龙十八掌"。您知道吗？十八掌的名字全部来自《易经》！

金庸小说中的《易经》元素无处不在，比如《倚天屠龙记》中的"两仪剑法"；《飞狐外传》中的"四象步"；《笑傲江湖》中的"独孤九剑"要诀：归妹趋无望，无妄趋同人，同人趋大有；《书剑恩仇录》中张召重说："退'震'位，又退'复'位，再退'未济'"。

不光武术招式，就连人物名字，人物关系，很多都有强烈的《易经》色彩，比如东邪西毒南帝北丐中神通，名字中的偏旁全部符合木金火水土的方位属性，而且相生相克。更绝的是，金庸信奉的事物辩证转化的阴阳思想，"积善之家，必有余庆；积不善之家，必有余殃"的善恶有报思想，始终贯穿在他的每一部作品中。

正因为金庸先生的作品中大量引用了《易经》的精华，传递了中华优秀传统文化典型的价值观，所以，金庸的武侠世界才会令世界华人如此痴迷其中！

道，根植于血液中的中华理想

关于"道"这个字，请看金文：两侧是个"行"字，表示十字路口，十字路口的内部有个"人"（上首下止），表示人在道路上行走。

"道"字的本意为"路"，由"路"又引申为"规律""道理"，如《荀子·天论》："循道而不贰"（遵循事物的规律而不背离），所以，"规律"又可引申为"途径""方法""学说"，现代更酷的意思就是"道即真理"。

所以，道，这个字，是中华民族独创的、国外没有的、为探索宇宙奥秘而发明出的泛哲学名词。广义理解为，道，是人们对已知事物的规律认知和对未知事物运动规律探求之和。

"道"的提出，最早源于公元前700多年老子所著的《道德经》："有物混成，先天地生。寂兮寥兮！独立不改，周行不殆，可以为天下母。吾不知谁之子，象帝之先；吾不知其名，字之曰'道'。"

在老子看来，"道"，是洞悉宇宙的众妙之门，是静态的，更是动态的。

从此之后，道，不光是中国人查勘世界、了解世界的哲学思想，是中国人处世的行为准则，甚至上升到了一门宗教"道教"和一门学问"道学"。

道教出现于春秋时期，以"道"为最高信仰，认为"道"是化生万物的本原，宗旨是追求济世救人、长生不老、得道成仙，是中国土生土长的宗教。

道学，指老子创立的有关道的"学说"，历经几千年发展、丰富与传承，现泛指道家哲学思想、宗教学的道教以及属于人体生命科学范围的内丹学（以"气"形态的导引术）等三个方面的内容。"道学"一词，最早出现在唐代钱征等撰写的《隋书·经籍》志上。在中国传统文化中，道学是与儒学和佛教一起占据着主导地位的理论学说，形成了"儒释道"三位一体的中国文化精神结构。

中国五千年的思想史、文化史、权谋史，甚至医学、武术、饮食、游戏，都与"道"密切相关。可以说，"道"，是根植于中国人血液中的哲学思想。

链接

老子青牛出函谷

老子，是道家学说的开创者。他曾做过东周王室管理藏书的小官，见到周王室越来越腐败，就骑着一头青牛，西出豫陕晋三省交界处的函谷关，准备云游天下。

函谷关守将尹喜早闻老子大名，知道老子来了，硬扣下老子，不让他过关，并提出条件，要过关的话必须留下一部著作。

老子就在函谷关住了几天，写下一部洋洋五千言的著作，之后骑着大青牛潇洒出关，之后再不见影踪。

这部著作，就是著名的《道德经》，一部确立了中国人道家哲学的奠基之作！因为老子留下了这么重要的宝物在函谷关，唐朝天宝元年，唐玄宗将函谷关所在的桃林县改名为灵宝县。

至于老子后来去了哪里，众说纷纭，有说他回到了故里河南鹿邑隐居；更多的人认为老子一路西行，过散关（陕西宝鸡），入甘肃，在天水、陇西、临洮、兰州等地云游，最后在临洮升仙。由于老子名李耳，李姓唐朝认老子为祖先，封老子为太上玄元皇帝，天下李姓都以老子为始祖，以临洮的"陇西堂"为天下李姓之根。从此民间称呼老子为"太上老君"。

儒，中华传统文化的主流思想

我国两千余年封建史，儒家思想在大部分时间里居于统治地位，对封建社会及传统文化的塑成起到了重要作用。

先看看"儒"这个字，左边一个人，右边一个"需"，从字面上解释，"儒"就是"一个人自身需要做到的"。的确，中国文字中与"儒"相关的词语都比较美好，比如"儒雅""儒士"等，一个人自身的修养、品格、水平等达到一定的境界，方能称儒。

其实，"儒"表达的意义不像字面意思那么单纯，历史上有不同的意义。

殷商时期，"儒"的地位很低贱，《说文解字》称："儒，柔也，术士之称"，指的是负责丧葬工作的神职人员。即使在无事不问鬼神的殷商时期，这类人的地位也是不高的。

"儒"之所以几千年来这么重要，是因为孔子创立了儒家思想。孔子生于战乱频仍的春秋时期，由于感怀礼崩乐坏和生灵涂炭的现状，他提出了一系列思想，取了"儒"字中"柔"的主题，道德上强调"仁"与"礼"，政治上主张"德治"，教育上强调有教无类，因材施教，社会秩序上，主张恢复周礼，君、臣、民等各安其分，以"天下大同"为最终目标。之后的孟子、荀子等，进一步发展和完善了人本思想，强调人心的作用和善政的意义，强调民众的力量。

到了汉代，汉武帝锐意强化中央集权，儒学家董仲舒投其所好，将儒家思想与法家、阴阳家结合，创造出"儒术"，不过这个儒术与早期儒家思想不同了，强调君权而忽略民权，孔孟儒家朴素唯物主义思想也被"天子代天牧民"的君权神授思想取代，之后，汉武帝"罢黜百家，独尊儒术"，儒家从深邃的哲学思想和朴素的民本思想，逐渐沦为名为"儒术"的统治工具。

宋代之后，"程朱理学"和"陆王心学"的出现使得儒学的保守性进一步发展，早期的儒家思想亦被神话，成为儒教，儒教强调人自身的修养，也强调君权的神圣性。

儒学是一种学说，儒家是一个阶层，儒教是一种信仰，三者既相同又不相同。

儒学在海外的影响也很大，韩国、新加坡等国的治国理念正是儒学的精髓。

链接

半部论语治天下

北宋名臣赵普出身小吏，相较一般文臣学问差了不少。故而他当上宰相以后，宋太祖赵匡胤总劝他多读些书。于是，赵普每次回家，就关起房门，认真读书。第二天上朝处理政事，总是十分敏快。

宋太祖驾崩后，弟弟赵匡义继位，史称宋太宗，赵普依旧担任宰相。一次宋太宗和赵普闲聊，随便问道："有人说你只读一部《论语》，这是真的吗？"赵普老老实实回答："臣所知道的，确实不超出《论语》。过去臣以半部《论语》辅助太祖平定天下，现在臣用半部《论语》辅助陛下，便天下太平。"

赵普病逝后，家人打开他的书箱，果真只有一部《论语》。"半部论语治天下"的典故，从此广为流传。

佛教，外来的和尚念了好经

中国的民间宗教中，佛教是信奉人数最多的一种。

"佛"是梵文Buddha的音译，意思是"知觉者"。

佛教，是世界三大宗教之一，教义主张因果报应、源起性空等，重视人类心灵和道德的进步和觉悟。佛教对我国的影响广泛而深远，无论是大雁塔、大昭寺、普贤寺等壮美建筑，还是少林功夫、五台山佛乐等文化遗产，佛教文化是每个中国人都非常熟悉的。

有趣的是，这个对中华传统文化影响至深的宗教，却是个地道的"舶来品"。佛教起源于约公元前六世纪的古尼泊尔，由迦毗罗卫国王子乔达摩·悉达多（就是我们熟悉的释迦牟尼，如来佛）所创，距今约2500年。佛教进入中国的主要传播路径分南北两支，南传佛教先是传播于斯里兰卡、缅甸、泰国等国，再经云南传入我国西南地区；北传佛教分海、陆两条路径，分别经西域和岭南传入我国中原地区，又经我国传播到了日本。藏传佛教通常也被归为北传佛教的一支，由印度直接传入我国西藏。

佛教到底是何时传入中原地区的，至今众说纷纭，有说公元前2年的，也有说秦始皇时代就传入了的。目前公认开始于东汉汉明帝时期，汉明帝曾派遣12名使者前往西域广求佛像与经典，并于永平十年（公元67年），迎请迦叶摩腾、竺法兰等僧至洛阳，在洛阳建立了第一座官办寺庙——白马寺。从此，佛教才正式在中原大地传播开来。之后随着北魏兴佛教，唐僧西天取经，佛教开始在中华大地盛行。

链接

寺与庙并不一样

说到寺庙，现代人一般都认为指的是一样的场所，其实不然。

寺，最早是官署的名称，《汉书·元帝纪》注："凡府廷所在，皆谓之寺。"一直到清朝，还有大理寺、鸿胪寺这样的国家最高司法、外交机构。

东汉永平十年，汉朝使者迎请西域高僧及佛经到洛阳，最初下榻的地方是鸿胪寺，之后以寺为名营建了白马寺。因习成俗，供奉佛像的地方便一概被称为"寺"了。

而庙，与祭祀相关，最早是中国人供奉、祭祀祖先的地方，供奉土地神的场所亦被称为"庙"，汉代以后二者逐渐合为一体，"庙"便成为祭祀鬼神场所的统称，如供奉本土神祇的土地庙、城隍庙，供奉圣贤大师的孔庙、关帝庙等。

所以，严格来说，"寺"通常指佛教的宣讲场所，供奉的是佛；而庙则是本土的神社，祭祀的是神。当然也有原为庙却在后来改建为佛寺却依旧沿用"庙"称呼的地方，上海的"下海庙"便是其中一例。

之后，"寺"与"庙"的界限越来越融合、模糊，就统一称为寺庙了。

龙，中国人的精神图腾

每一个中国人都会说一句话：龙的传人。

龙，这种"角似鹿、头似驼、眼似兔、项似蛇、腹似蜃、鳞似鱼、爪似鹰、掌似虎、耳似牛"（宋·罗愿《尔雅翼》）的神兽，从一种虚无缥缈的动物上升为中华民族的精神图腾，有两种解释：

一是龙的身份是黄帝确定的。北方的黄帝打败了南方的炎帝和蚩尤后，取各部落的图腾中一部分元素组合起来，创造了龙这个新形象。从此，"龙"，作为汉民族皇权的象征一直流传到现在。

另一种说法是司马迁写的。说一天大雨，江苏沛县的一个姓刘的男子出来找妻子，发现一条大龙趴在妻子身上，由此妻子怀孕，生下来一个孩子，取名刘邦，这个孩子后来创建了大汉帝国。

这两种说法都有强烈的传说性质，但是符合了中国人内心对于强权的一种服从和认可。于是，千百年来，龙成为万物之灵，各种与"龙"相关的事物出现，构成了中华民族强大的龙文化传统，比如龙城、龙种、龙袍、降龙十八掌等等，清代的国旗就是黄龙旗，传统的十二生肖中，只有"龙"是并不存在的生物。

龙文化以及龙的传说蕴涵着中国人非常重视的天人合一的宇宙观；仁者爱人主体观的诉求；阴阳交合的发展观；兼容并包的多元文化观。

有一点需要注意，英语中"龙"一般被译为：dragon，实际上这并不确切。因为在基督教文化中，"龙"和蛇一样，身上背负着比较多的负面意义，往往与邪恶画等号。所以，有中国学者提出把"中国龙"的英文翻译改为"loong"。至少，谈到中国龙，最好翻译为"Chinese dragon"。

左图：山西大同的
九龙壁；
下二图：貔貅与
凤凰。

链接

常见的古代神兽

　　除了龙，中国人的生活中，还经常和这几种怪兽发生联系。

　　一个是貔貅，又名辟邪，雄"貔"雌"貅"，是中国古代神话传说中的一种神兽，龙头、马身、麟脚，形似狮子。传说玉皇大帝曾罚貔貅只以四面八方之财为食，吞万物而不泻，只进不出，所以被视为招财进宝的祥兽。

　　一个是麒麟，雄"麒"雌"麟"，这是上古时期就出现的瑞兽，性情温和，传说能活两千年。古人认为，麒麟出没处，必有祥瑞，好运，而且有麒麟送子的传说，所以生儿子经常被称为"麟儿"。近代有学者研究，认为麒麟其实就是长颈鹿。

　　一个是凤凰，凤凰是中国古代传说中的百鸟之王。雄"凤"雌"凰"，常用来象征祥瑞。由于凤凰的形象高贵，典雅，温和，往往用来形容"和谐"的精神追求，或者形容杰出的人才。

格物致知王阳明

2018年5月2日，习近平总书记来到北京大学考察，对广大青年提出殷切希望，特别提到王阳明的一句名言："志不立，天下无可成之事"。

王阳明对后世的影响可见一斑。

王阳明最大的成就是他开创的学说，心学。

心学其实并不新鲜，是儒学的一个分支，始祖是孟子的思想，之后，北宋的程颢开端，南宋陆九渊发扬光大，到了王阳明，则将此学问丰富完善，终于开创了清晰而独立的一门学派。

"心学"的宗旨是"致良知"，如何去"致良知"，王阳明给出的方法是"格物致知"，这个词出于《礼记·大学》"致知在格物，物格而后知至"，意思就是通过探究事物的本真，从而获得感悟，获得真理，有点像若干年后我们非常熟悉的"实践是检验真理的唯一标准"。不少学者认为，"心学"是中国古代哲学发展到巅峰的代表作。

王阳明更是位奇人，无师自通成为著名军事家。

王阳明在南赣巡抚任上，剿灭盗匪，稳定社会治安，甚至把一个数县交界、盗匪横行的地区也治理得很好，为此新成立了一个崇义县，寓意"崇尚正直正义"。一个书生做好这些事，已经让人瞠目结舌了，没想到，他居然又在宁王叛乱，国家动荡之际，单人匹马，召集了数万大军，平定了十几万精锐叛军，将宁王叛乱果断地杀死在褓褓中，否则，一旦宁王叛乱如安史之乱那样波及全国，会有多少无辜百姓死于战祸啊。

书生，哲学家，文学家，政治家，军事家……这么多巨牛的帽子同时戴在一个人的头上，难怪影响很大的《明朝那些事儿》把王阳明封为大明王朝200多年历史的第一牛人。

我国很多城市都有阳明路，阳明公园，以纪念这位圣贤。

由于历史的原因，当前对于王阳明的历史评价偏低，但我们相信，随着唯物主义历史观的强大，随着我国对于优秀传统文化的重视，王阳明的历史评价一定会到达一个新的高度。

左图：王阳明；

下左图：王阳明著作。

下右图：拜服阳明先生的东乡平八郎。

链接

阳明"弟子"遍全球

由于"心学"的理论性和实践性都非常强，王阳明的思想对后世影响非常大，徐阶，钱德洪，罗汝芳，李贽，黄宗羲，顾炎武等明清著名学者都是"心学"弟子。蒋介石更是对阳明先生顶礼膜拜，多次自称为其忠实信徒，并将台北草山改名为阳明山。

心学在明末传到日本、朝鲜，风靡两国，尤其在日本，地位相当于文艺复兴之于中世纪欧洲，日本用心学理念教化日本国民，去除私欲，讲究团队精神，短短几百年发展为世界强国，代表人物有思想家佐久间象山和政治家西乡隆盛，在日俄战争中击败俄国海军的日本海军大将东乡平八郎更是刻了一块随身印章，上刻"一生伏首拜阳明"。

明·文嘉 《赤壁图卷》

念奴娇·赤壁怀古　北宋·苏轼

　　大江东去，浪淘尽，千古风流人物。故垒西边，人道是，三国周郎赤壁。乱石穿空，惊涛拍岸，卷起千堆雪。江山如画，一时多少豪杰。

　　遥想公瑾当年，小乔初嫁了，雄姿英发。羽扇纶巾，谈笑间，樯橹灰飞烟灭。故国神游，多情应笑我，早生华发。人生如梦，一尊还酹江月。

第二编

地理地名

《山海经》的很多记载是真的

夸父逐日、女娲补天、精卫填海、大禹治水，这些大家耳熟能详的故事都来自于一本奇书——《山海经》。

《山海经》字数不多，全书31000多字，但内容繁杂，涉及山川、道路、民族、物产、药物、祭祀、巫医等方面。很多人都将其视为一部志怪古籍，认为里面的内容都是神话传说。两千多年前，司马迁便直言其内容过于荒诞不经，文学大匠鲁迅也认为它是"巫觋、方士之书"。

但是，《山海经》里的很多记载竟然是真的。现代学者经过考证，认为《山海经》是一部具有非凡文献价值的早期地理著作，对中国古代历史、地理、文化、交通、民俗、神话等领域研究均有参考，其中的矿物记录，更是世界上最早的有关文献。

《山海经》记载了很多"怪兽"，似乎荒诞，可却被后世证实。比如"有兽焉，其状如羊而无口，不可杀也"，这并不是凭空臆想的怪兽，而是一种叫高鼻羚羊的动物，它像羊但属于牛科，因为鼻子太大，乍一看就像没有嘴，曾存在于古代中国，后来灭绝，现在蒙古国还有这种动物。又如："其中多人鱼，其状如鱼，四足，其音如婴儿，食之无痴"，这就是大家都熟悉的娃娃鱼，学名大鲵。《山海经》中甚至对世界地理都有准确的描述。《大荒东经》曾经被以为是谬作，但美国学者默茨女士根据《大荒东经》所述，发现书中描述的完全就是北美洲到南美洲的山山水水，她按照《山海经》所示里程一一测量，凡山陵丘壑，都有着落，与书中所记完全吻合。她感慨道："比起那些虚构的故事来，《山海经》更加令人拍案叫绝"。

《山海经》的作者倒是真成为谜案，说法很多。现代学者比较统一的看法是，《山海经》大体是战国中后期到汉代初中期的楚国或巴蜀人所作，作者并非一人。

山海经插图
（清代）。

链接

中国最早的地图

上图：山海经插图
（清代）。

《山海经》还引发了中国最早的地图之争。

关于中国最早的地图，有一种主流观点认为：甘肃省文物考古研究所在1986年发现的天水放马滩秦墓中出土的7幅地图是中国最早的地图，成图年代大致在秦始皇八年（公元前239年）。国家测绘局考证后也认为这7幅地图比中国经实测保存至今最早的传世地图——西安碑林中的《华夷图》和《禹迹图》还要早1300多年，比1973年湖南长沙马王堆出土的西汉图约早300年。

但是，还有不少学者认为《山海经》才是中国最早的地图。因为《山海经》的内容涉及100多个邦国，550座山，300条水道以及邦国的自然地理和人文地理。

也许有人认为文字记载不能算地图，但是，学者刘锡城指出：东晋诗人陶渊明的"流观山海图"、学者郭璞的"图亦作牛形"和"在畏兽画中"的记载和论述，说明早在2000多年前的战国时代，曾有"山海图"流行于世。而且据说《山海经》的部分内容是图在先、文后出，是一种"以图叙事"的叙事方式。所以《山海经》也许真的是在《山海图》基础上写就的文字，只不过时代变迁，《山海图》丢失了，而《山海经》流传了下来。

辉煌灿烂的古都

我国历史悠久，文化灿烂，诞生了不少具有相当规模的城市，尤其是历代国都，因其特殊的地位，更是大兴土木，修建得美轮美奂，吸引天下朝拜。更有一些古都，或因地理位置的优越，或因政治经济的需要，充当过多个朝代的国都，积淀了悠久的历史和传统。很多著名的古都，几千年来都是闻名遐迩的旅游胜地。

一般来说，中国的古都有六大、七大、八大、九大之称。

最早的称呼是"六大古都"，这是六座公认的中国历史上建都朝代多、时间久、规模大、影响大的古都。按照建都时间的早晚，依次是西安，洛阳，开封，杭州，南京，北京。

其中的西安是中国最早的政治中心，当过秦朝、隋朝、唐朝等十三个王朝的首都，是中国最早的大都市，繁华冠绝天下；洛阳也当过东汉、隋朝、北魏等十三朝的首都；开封当过夏朝、北宋等八个朝代的首都；杭州曾是吴越国和南宋的首都；南京当过东晋、明朝和南北朝的宋、齐、梁、陈等六朝的首都；北京当过燕国、元朝、明朝、清朝等六朝的首都。

后来，因为殷墟的发现，河南安阳作为中国历史最久远的古都（夏、商两朝），也加入了古都阵营，于是又有了"七大古都"的说法。

安阳的灿烂文明有世界性影响，比如美洲的印第安人，来源于他们自称Indian，据史学家研究，这是"殷地安阳"的发音，他们见到外人，就介绍自己是殷商时期的安阳人。

再后来，因为是中华人文始祖黄帝的故里和中国第一个王朝夏朝定都于登封，河南郑州也加入了古都阵营，又有了"八大古都"的说法。

后来又加入了大同，这就又有了"九大古都"的说法，因为大同是鲜卑拓跋氏建立的北魏帝国的首都，也是辽国、金国首都和元朝的西京，历史上一共有426年作为少数民族政权的都城。

下图：古长安。

链接

长安的繁华你懂否

如今的中国，北京、上海、广州、深圳、杭州、南京等，都是享誉全球的国际化大都市。1000多年前，中国便拥有一座顶级国际化大都市——长安。

盛唐时期的长安，城市面积80多平方公里，人口一百五十万人。整座城市都被雄伟、高大的城墙所包围。

当年的长安城，经济发达，市场繁荣，物品丰富，市井热闹，民风开放。近年长安东市发掘出一个地下城，据估计有三万家店铺！我们可以想象一下当年的繁华：万国来朝，香车宝马，火树银花，繁盛奢靡。街道上骆驼、大象、宝马招摇过市，各种香料，瓜果，宝石，源源不断涌入高大的城门。

美国汉学家费正清在《中国：传统与变革》中写道："作为横跨中亚路上商路的东端终点，以及有史以来最大帝国的都城，长安城市里挤满了来自亚洲各地的人。"

一千多年前，全世界只有中国有长安这座超过百万以上的超大城市，而欧洲最大的城市伦敦，巴黎，威尼斯、佛罗伦萨等城市的规模都不过万人。

"江"，就是指长江

"大江东去，浪淘尽，千古风流人物"，苏东坡的一阕《念奴娇·赤壁怀古》，写尽了天下兴衰的磅礴气势和英雄气魄。

"江""大江"，在中国古代有特定的意思，就是指长江，中国最早记述长江的典籍是《山海经》："磻冢之山，汉水出焉。东南流，注于江。"汉代之前，人们称其为"江"，如吴王的铜剑上便记载有"处江之阳"；汉代以后，人们称其为"大江"，六朝以后才出现了"长江"这个称呼。

不过，对于"江"特指长江的说法，也有异议，先后有学者指出，古代，沂河、汉水、淮河都曾被称为"江"。但是，在学术界，这样的声音属于少数，绝大多数人都认定古代的"江"，指的就是长江。而且，长江创造了璀璨悠久的中国中东部文明，与黄河共同哺育了中华民族的成长壮大。

普及一点关于长江的最简单实用的知识吧：长江是我国第一大河，源出于青海省的唐古拉山，干流流经青海、西藏、四川、云南、重庆、湖北、湖南、江西、安徽、江苏、上海11个省、市、自治区，全长6300公里，居世界第三位。流域面积180万平方公里，占全国总面积的1/5。

长江分段有很多名称，源头一段叫沱沱河，流到当曲，叫通天河，就是《西游记》里描写的通天河，南流到玉树以下到四川宜宾，叫金沙江，宜宾再往东就叫长江了，不过，这一段也有很多名称，宜宾到湖北宜昌又叫川江，湖北枝城到城陵矶叫荆江，江苏扬州以下又叫扬子江。汉江、湘江、赣江都是长江沿线的特大支流。

左图：秀美壮丽的长江三峡；

上左图：江南省版图；

上右图：万寿宫是江右商帮的代表性建筑。

链接

江东，江西，江南，江左，江右的区分

有些人在阅读著作的时候，经常被这几个与长江相关的名称搞混：江东，江西，江南，江左，江右。现在我们来捋一捋这几个名称。

首先看"江西"，这个最简单，指江西省，从元代设定"江南西路"行省开始，就使用这个名称，而且所辖范围近千年来没有什么改变。由此又牵出了"江右"这个名称，古时指长江下游北岸，由于这一块基本上与江西省的辖区范围重叠，所以，"江右"也成了江西省的别称。江西的商人传统上有"江右商帮"的说法。

与"江西"相对的"江东"，传统上指长江下游的南岸地区，包括今天的江苏、安徽南部地区，也就是三国时期吴国的辖区。这个地区又叫"江左"。

江南，有很多含义，广义的江南，指长江以南地区，狭义的江南，指江苏安徽浙江部分地区，清朝还有一个"江南省"，包括今天的江苏、上海、安徽辖区。

"河"，就是指黄河

　　河流，是人类文明发展的一个重要地理支撑。现代城市，一般都有一条以上的河流，早期人类在河流边建造城堡和集市，因为有了宝贵的水源，人们才有了生活用水，才能够进行农耕生产，才能够搞好运输。河流更是防御敌人的天然屏障，可以保证城堡的安全。

　　中华成千上万条河流，哪条河流最重要？那就是黄河，华夏民族的母亲河，中华河流南波湾（NO.1）。

　　黄河，全长约5464公里，流域面积约752443平方公里。黄河是中国第二长河流，世界第五长河流。

　　秦汉之前，"河"这个名词是黄河独享的，其他的河流只能称为"川"或"水"，如"渭水""淮水""泾水"等。这是因为黄河流域诞生了中华民族的最早文明，是中华文明的发祥地。100万年前，蓝田猿人已经出现；50万年前，西侯度猿人在山西省黄河边的芮城县境内出现；30万年前，大荔猿人在黄河岸边捕鱼狩猎，生活繁衍，继续为黄河文明的诞生默默耕耘。旧石器文化遗址、新石器文化遗址、青铜器文化遗址、铁器文化遗址等中华远古文明遗址几乎遍布黄河流域。

　　古代中国，黄河不仅是一条河，黄河、黄土地、黄皮肤以及传说中的龙，都是以黄色为表征的，人们把这条流经中华古代政治经济中心的大河升华为圣河。《汉书·沟洫志》就把黄河尊为百川之首："中国川源以百数，莫著于四渎，而河为宗。"我们熟悉的省份的名字河南省、河北省中的"河"字也正是指的黄河。

　　到了南北朝时期，一些被称为"水""川"的河流也被称为河了，如北魏时期华北地区出现了"清河""巨马河""濡河"等名称。但是，单独的"河"字，指的就是黄河！

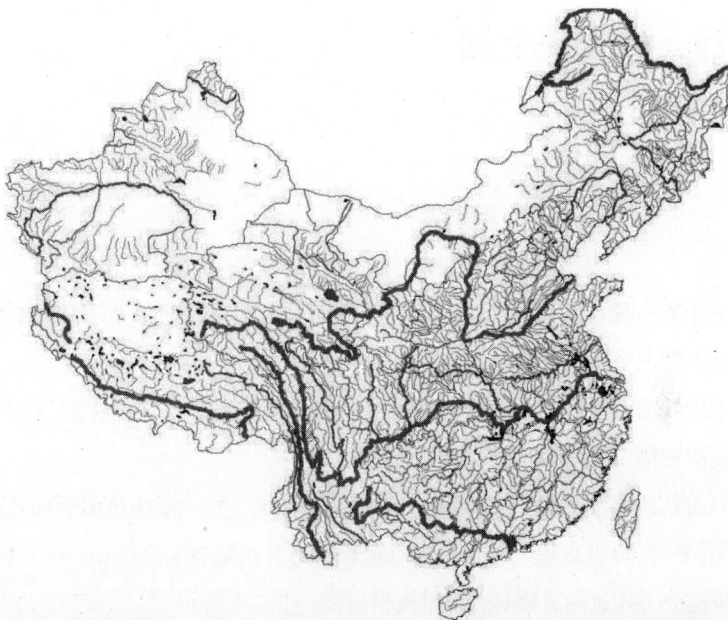

上图：中国水系图。

链接

为什么北方河多叫"河"，南方河叫"江"？

一次出差，坐火车过黄河，两位旅客的对话引起了我的注意。甲："过黄河了。诶，你说，为什么黄河叫黄河，不似长江一样，叫黄江呢？"乙："按你这样说，长江为什么不叫长河呢？"

这的确是一个有趣的问题。如果我们留意我国南方北方的河流名称，就会发现北方多"河"，如"淮河""洪河""永定河"，而南方多"江"，如"珠江""赣江""汉江"。

这是为什么呢？有两种解释。一种解释认为，我们一般将注入内海或湖泊的河流称为河，而通常将注入外海或大洋的河流叫江，如长江注入黄海，珠江注入南海，可是，黄河也是注入黄海，为什么又叫"河"呢？

这种解释无疑有些牵强。于是，第二种解释得到了更多认可，"河"字，是汉语从蒙古语系中的字转化而来的，"河"的上古读音是"gaal"，与阿尔泰语"河流"ghol同源；而南方称呼"江"字，比如赣江、湘江、汉江等河流的韵尾都是ng，这是侗台语系和南亚语系口音，他们称呼身边宝贵的河流就称呼"gong"。

云梦泽，好大一个湖

历史上有一种说法，湖北省，湖南省，江西省的很多地区，以前是连在一起的一个巨大湖泊"云梦泽"。

想想有道理，湖北东南部湖泊遍地，号称"千湖之省"，江西北部、湖南北部也是湖泊密集，似乎是一个大湖分裂出来的。

况且有这段文字佐证："臣闻楚有七泽，尝见其一……盖特其小小耳者，名曰云梦。云梦者，方九百里……其东则有蕙圃……其南则有平原广泽……其西则有涌泉清池……其北则有阴林，其树楩柟豫章，桂椒木兰……"

这是西汉文学家司马相如所做的《子虚赋》，作者以雄浑而缥缈虚无的手法，将云梦泽刻画为一个物产丰富的巨湖大泽，令云梦泽的形象深入人心。那么，云梦泽到底是怎样的一个湖呢？是不是真的是一个横跨长江南北，囊括了江汉平原、洞庭湖平原和鄱阳湖平原，面积达数万平方千米的超级大湖呢？

"云梦泽"的名称，最早见于《左传》，《左传》有时称其为"云"，有时又称其为"梦"；在之后的《战国策》《吕氏春秋》《淮南子》中，均称其为"云梦"。实际上，后世对云梦的记载众说纷纭：有的说云梦是两处大泽，江北为"云"，江南为"梦"，合称"云梦"；有的说云梦是一处大泽，"云""梦"均为简称，"云梦"则为全称；更有说法，云梦泽是一大片低洼地带的统称，而非特指一湖。

正是这些众说纷纭而扑朔迷离的观点，使得云梦泽始终笼罩着一层神秘的面纱。终于，在二十世纪九十年代，中国科学院水生生物研究所的蔡述明等科学家，在对湖北省江汉平原湖区进行实地勘测和系统性科学研究后，得出了从距今二三百万年前开始的第四纪以来便不存在横跨长江南北的古云梦泽的结论，同时也证明了江汉湖群并非统一的古云梦泽的残留水体。

古云梦泽很可能仅仅是一个与如今洞庭湖、鄱阳湖类似的淡水湖，浩瀚无垠地跨长江南北的那个超级大湖似乎只是古人的想象或者记载误差的结果——这样的结论似乎令人沮丧。然而，云梦泽的传说依旧令人心驰神往，它将与《子虚赋》等文学作品一道，作为中华文化的传统瑰宝而永远流传下去。

下左图：古湘鄂赣边区图，可见湖泊众多，是"云梦泽"的假想之地；
下右图：烟波浩渺的洞庭湖。

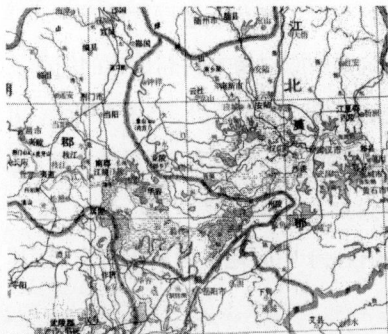

链接

从五湖到五岳

五湖，是中国五大淡水湖鄱阳湖、洞庭湖、太湖、巢湖、洪泽湖的统称。历史上"五湖"说法众多：《国语》《史记》中的五湖专指太湖及太湖附近的湖泊；《史记河渠书集解》中则认为五湖专指太湖；《地理通释十道山川考》中，五湖指彭蠡、洞庭湖、巢湖、太湖、鉴湖，后于清代，鉴湖被洪泽湖取代，便形成了今天的"五湖"说法。

五岳，分别为东岳泰山、西岳华山、南岳衡山、北岳恒山、中岳嵩山。五岳的说法始见于《周礼·春官·大宗伯》："以血祭祭社稷、五祀、五岳。"由此可见，五岳是糅合夏代、商代以来的四方神和战国初期的五行观念而形成的山岳崇拜。后世帝王的祭祀和封禅活动，令五岳对中华文化而言有了特殊意义。

和五湖一样，五岳的说法也有变化。比如，南岳曾经是安徽的天柱山，由汉武帝封禅始，至隋文帝封衡山为南岳，历700年。

百越，并不野蛮的"南蛮"

越剧，是中国传统戏剧，得名于古代越国。而越南，则是中国广西云南以南的邻国。这两个"越"字看起来风马牛不相及，实际上却代表着同样的意思。

中国古代的南方地区，被称为"百越"，这是中原对南方古越部族的泛称。据《汉书·地理志》记载："自交趾至会稽七八千里，百越杂处，各有种姓"。可见，古百越涵盖了从浙东绍兴到中南半岛的越南的广袤地区。周代《礼记·王制》载，古百越地区被视为"雕题交趾，有不火食者矣"的蛮荒之地，然而，近年一些最新的考古发现表明，古百越地区拥有不亚于中原地区的辉煌古文明，甚至可以说是中华文明的一大发源地。

著名的河姆渡文化遗址，是新石器时代百越地区的文化遗存。除了出土了大量的陶片、纺织石器、农具外，还出土了大量的稻谷，有我国最早的水稻种植记录，证明了长江中下游地区古文明的存在，改变了黄河流域为中华文明单一起源地的旧认知。

缚娄古国遗址是古百越地区的又一大考古发现。缚娄古国，相传由罗氏所建，存在于春秋时期，至公元前337年灭亡。在缚娄古国遗址出土了大量的礼器、兵器、陶器等文物，其中不乏水晶手镯、铜甬钟和青铜鼎等精品，充分证明了岭南地区在先秦时代并非蛮荒之地，而是拥有高度发达的古文明。

武夷山仙水岩悬棺，是古百越地区留存的又一文化瑰宝，存续年代在约3000年前的春秋时期，是古干越人的墓葬遗址。在随葬品中，出土有仿铜礼器、兵器、陶器、竹木、骨玉和石器等。这些惊人的考古发现连同周边地区的诸多遗址出土的商、周青铜器一道，证明了先秦时期的古干越人不仅有规模宏大和较高水平的采冶业，而且有发达的青铜铸造技术。而干越，正是福建、江西交界处的古越人部落的名称，至今江西省历史上第一古县县名"余干"，正是来自于"干越"这个古老的部落名称。

浩瀚辉煌的古百越文明，正随着一个个考古发现，逐渐地走出历史迷雾。

下图：古百越地理范围。

链接

五谷丰登

人常说"五谷丰登"。"五谷"，是古代对主要粮食作物的称呼，关于"五谷"的种类，古人有多种说法，最主要的有两种：一种指稻、黍、稷、麦、菽；另一种指麻、黍、稷、麦、菽。两者区别在于前者有稻无麻，后者有麻无稻。因为古代水稻的主要产地在南方，所以通过这两种说法，就明显可以区分出南北方作物。

稻，指水稻，大米，是从古至今最重要的粮食之一；黍（shǔ），不是"玉黍"（现在的玉米），而是黄米；稷（jì），就是小米，皇帝常说"江山社稷"，其中"稷"又指代谷神，古代北方中原地区的主要粮食就是小米，所以"稷"与"社"（土地神）合称便代表了国家；麦，就是小麦；菽，就是大豆；"麻"，就是苎麻，可以做麻衣麻布。

景德镇，一座以皇帝年号命名的城市

"素胚勾勒出青花笔锋浓转淡，瓶身描绘的牡丹一如你初妆"，周杰伦《青花瓷》的一句歌词让青花瓷的名头走进千家万户。

说到青花瓷，就不得不说一说瓷都——景德镇。

景德镇，江西省东北部城市，与广东佛山、湖北汉口、河南朱仙并称全国四大名镇，是国务院首批公布的24座历史文化名城之一，世界瓷都，也是新中国直升机工业的摇篮。

其实，景德镇原来不叫景德镇。唐朝之前叫作新平镇。到了唐朝，因为城市地处昌江之南，故名"昌南镇"。唐朝末年，景德镇的高岭土土质极好，是青白瓷的代表性产地。到了比较重视艺术气息的宋朝，几个皇帝都是书画大家，所以官方审美崇尚素雅，而景德镇高岭土烧制的青白瓷"土白壤而填，质薄腻，色滋润"，好口碑传到了皇帝耳朵里，宋真宗景德年间（公元1004—1007年），皇帝赵恒派人到景德镇考察，定下了景德镇为皇家的御用瓷器工场，并在所有烧制的瓷器下都写上了"景德年制"。由于印有"景德年制"的瓷器"光致茂美，当时则效著行海内"，于是景德镇瓷器的口碑扬名天下，"昌南镇"这个名字渐渐被人遗忘，"景德镇"的名称就一直沿用至今了。

可以说，景德镇就是一座以皇帝年号命名的城镇。

笔者曾经在景德镇与日本围棋著名的"宇宙流"武宫正树九段会晤。他们刚从庐山下来，我问他："日本人的小学课本里都有李白的《望庐山瀑布》，所以日本每个人都知道庐山吧？"武宫九段笑了笑，说："我们日本人不一定每个人知道庐山，但每个人都一定知道景德镇！"

景德镇，这座"皇家名城"的传统文化符号的象征意义可见一斑了。

链接

China来由考

景德镇的曾用名昌南镇因为与中国的英文名 China 音近，被很多学者认为就是 China 一词的来源。

这并不是巧合，因为当年的昌南镇烧制的瓷器非常精美，色白滋润，闻名天下，大量出口到欧洲，欧洲人往往以拥有一件昌南镇瓷器为荣。久而久之，欧洲人就以"昌南"作为瓷器和生产瓷器的中国的代称，称中国为 China 了。

另外一种说法则认为这纯属巧合，China 一词与昌南镇无关。学者认为 China 起源于印度古梵文"支那"，距今已有 3000 多年历史，比昌南镇的瓷器出口到欧洲还要早 1000 多年。外国对中国的称呼最早是 Cina（支那），明朝中期葡萄牙人贩卖中国瓷器到欧洲，名曰 Chinaware，音译"支那瓦"。古代瓷器称为瓦器，ware 即瓦的音译。

不管两种说法哪种正确，景德镇确实有一个地名成了英文 Kaolin 的来源，Kaolin 意思是瓷土，而 Kaolin 就是景德镇浮梁县高岭村的音译。景德镇瓷器最初就是用高岭村出产的粳米白泥做原料的，称为高岭土。后来欧洲人制瓷器，所有瓷土，哪怕不是景德镇高岭村产的，都称为"Kaolin"。

左图：精美的青花瓷；
上图：景德镇浮梁县古县衙。

但使龙城飞将在

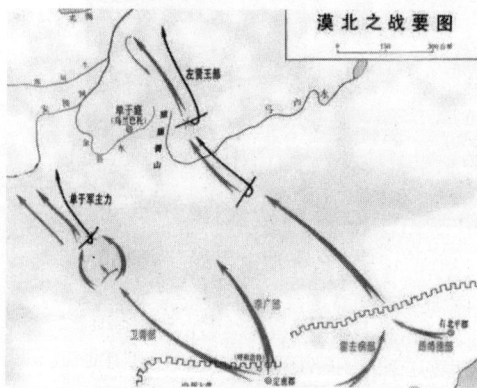

漠北之战要图

"但使龙城飞将在，不教胡马度阴山。"

唐代诗人王昌龄《出塞》中的这两句七绝，大气豪迈，充满了对于昔日英雄的崇敬，成为流传千年的名句。

其中的"龙城飞将"四个字，一个地名，一个人名，引发过很多争议。

先说人名，"飞将"是谁？一般认为是西汉著名的将领李广，因为善射，善骑，曾打得匈奴人闻风丧胆，得到"飞将军"的绰号。不过，也有不少人认为"飞将"并不是李广，而是大将军卫青。

为什么会有这样的区别呢？主要在于对龙城的认定不一。

一般认为，龙城，是当时匈奴人祭天、祭祖、举行大会的地方，《汉书·匈奴传上》有言："五月，大会龙城。"，由于匈奴是游牧民族，不似汉朝有固定的国土，所以，龙城也就成了匈奴的都城了，具体的地点在今蒙古人民共和国的鄂尔浑河上游一带。汉武帝为了扫灭匈奴，一心要将匈奴的龙城收复，多次派出精锐，由李广、卫青、霍去病等著名将领率领攻伐，李广在龙城吃到过败仗，而卫青却横扫了龙城，立下大功。基于这个原因，所以认为这个"飞将"指的是卫青。

而李广的拥趸则认为，诗歌里的"龙城"，指的是今北京市北边喜峰口长城附近的卢龙城，别名龙城，当时李广驻军于此，担负着北部边境的守卫任务，吓得匈奴骑兵几年不敢南侵。所以，这个"龙城飞将"指的就是李广。

两种说法都有道理，至于作者心中的"龙城飞将"到底是谁，恐怕只能是千古之谜了。

左图:汉匈漠北之战；
下左图:飞将军李广；
下右图:匈奴人使用的长弓。

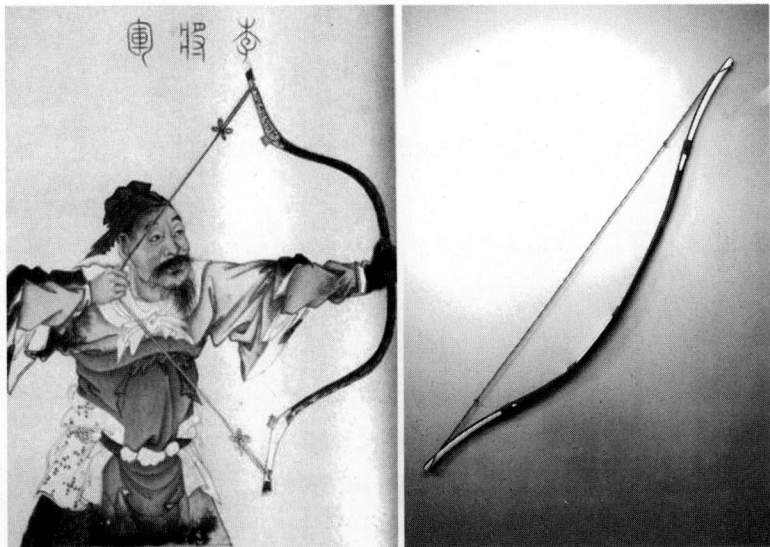

链接

匈奴人去了哪里?

匈奴，这个与汉朝纠缠了几百年的民族，曾经那么觊觎长城以南肥沃的土地和发达的文明，成为与大汉民族相生相杀的一个文化符号，却已经湮没在历史的长河中了。匈奴，最后去了哪里?

被东汉王朝彻底肃清后，当时的匈奴分成了南、北两路。南匈奴逐渐南下，完全被汉族同化，后代姓刘、贺、丛、呼延、万俟等；北匈奴被汉族和新崛起的鲜卑一路碾压，被逼得一路向西，越过了阿尔泰山，越过了中亚草原，来到了西欧平原，度过了德涅斯特河，度过了多瑙河，经过一场场与当地民族的血战，建立了匈牙利国，英文的匈牙利国名 Hungry，其中的"hun"就是匈奴的英文名。今天的匈牙利人还保存着许多中国北方农村的习俗，比如在屋子门口挂晒着玉米、大蒜。

结论就是，古匈奴人，一部分与汉族人水乳交融，被汉族同化，一部分在匈牙利生息、繁衍。

兰陵美酒郁金香，兰陵是哪里?

客中行

唐·李白

兰陵美酒郁金香，玉碗盛来琥珀光。

但使主人能醉客，不知何处是他乡。

这首脍炙人口的《客中行》，诗仙、酒仙李白以浪漫而绝美的笔触描绘了兰陵美酒的香醇与自己的流连忘返。其实，说起兰陵这个地名，不光有美酒这块响当当的金字招牌，还有千古奇书《金瓶梅》的作者"兰陵笑笑生"。

兰陵到底是个什么地方呢?

关于兰陵，有今天的兰陵和古代的兰陵两个概念。今天的兰陵，是一个山东省南部的兰陵县，隶属于山东省临沂市。而古代的兰陵，名气更大。

古兰陵，初为鲁国次室亭，公元前380年被楚国占领并初置兰陵县邑，是山东境内最早设立的县邑。西晋惠帝元康元年(公元291年)，原属东海郡的兰陵、承、戚、合乡、昌虑五县划出单独设兰陵郡，辖区包括今天的山东枣庄全部和临沂市的一部分，古人所称的"兰陵"，指的就是这个兰陵，不光兰陵美酒鼎鼎有名，《金瓶梅》的作者"兰陵笑笑生"到底是谁非常神秘，至今有王世贞、贾三近、李开先、李渔等十多种说法。

新中国成立后，兰陵的地名一度消失，人们习惯于把山东枣庄、峄县一带称作古兰陵。我们经常提到的文化意义上的"兰陵"，一般就是指古兰陵。

兰陵美酒制法独特，用当地的碱水酿造而成，又称"东阳酒""兰陵酒""金花酒""金华酒"等，以黍米为原料，经整米、淘洗、煮米、凉饭、糖化、下缸加酒、封缸贮存、起酒等复杂制作过程酿造而成。兰陵美酒有着悠久的历史，早在北魏农学家贾思勰所著《齐民要术》中便已有相关记载。盛唐时期经济繁荣，兰陵的酿酒业得到了巨大发展，更因李白的大作广为流传。

香醇可口的兰陵美酒、雄浑壮丽的《兰陵王入阵曲》……"兰陵"这个地名在历史的长河中留下了数不胜数的传奇。

左图："诗仙"李白；
下左图：明代《金瓶梅》插画；
下右图：明清时代的大运河线路图。

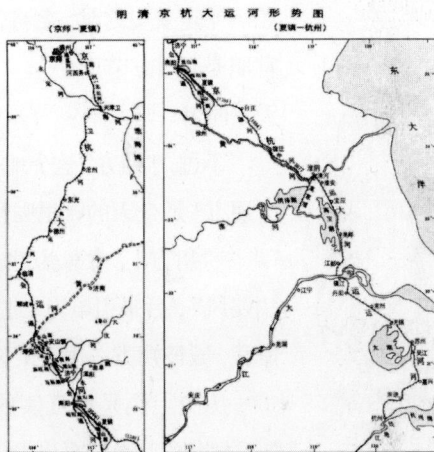

链接

运河唱着神州古国

台儿庄，枣庄市的一个区，一座运河流过的城市，曾经浴血抵抗过日寇的战场，今天成了一座美轮美奂的精致水城。我曾坐在运河畔，吃着古兰陵特有的美食早点，聆听着运河的涛声，感受着运河的船帆点点，脑海中不由得响起了《话说运河》那流畅的旋律："时光流转，日月穿梭。运河唱着神州古国。"

大运河，从公元前486年吴王夫差修筑开始，至隋炀帝征集百万民众全线修通，一直到今天，2500年来，从北到南纵贯祖国东部2700公里的腹地，地跨北京、天津、河北、山东、河南、安徽、江苏、浙江8个省市，连通海河、黄河、淮河、长江、钱塘江五大水系，成为中国古代南北交通的大动脉，至今仍在发挥着重要的作用，源远流长，历久弥新！

大运河，"历史的长河，生命的长河"！

名满天下的朔方节度使

平定安史之乱，名将郭子仪立下大功。郭子仪当时的官职是"朔方节度使"，"朔方"这个地名也随着郭子仪天下闻名。

不过，"朔方"这个地名，今天已经消失了。那么，这个"朔方"是今天的哪里呢？

"朔方"，意思为北方，"朔"是北风的意思，比如"朔风"，后来引申为"北方"，《诗经·小雅》云："天子命我，城彼朔方"，可见，这是一个很古老的词。

历史上倒是有真实的"朔方"地名，汉武帝北击匈奴，大将军卫青率军出击，收复了阴山以南的河套地带，设立了朔方郡，辖10县，地域广大，但因为人口稀少，环境恶劣，这个朔方郡已经渐渐湮没在土城沙海之中了。后世勘察，位置大致在今内蒙古乌海市一带。

所以，"朔方节度使"这个军职名按照今天的说法，就是"北方军区司令员"，当时的驻扎地是灵武，就是今天的宁夏吴忠市。

这个朔方，还是太子李亨登基就位的宝地。李隆基狼狈逃亡四川，太子李亨不甘坐以待毙，北上朔方称帝，就是著名的唐肃宗。他遥尊李隆基为太上皇，并指挥全国兵马，平定了"安史之乱"。

平定安史之乱，还直接造就了河北省的三个地名：获鹿县，束鹿县，平山县。由于安史之乱中，安禄山正是从河北向长安进军的，惊恐中，唐玄宗李隆基祈求上天保佑，在安禄山的名字和进军路线上动起了脑筋，下令把深州的鹿城县改名为束鹿县，把恒州的鹿泉县改名为获鹿县，房山县改名为平山县，取"禄"的谐音和"山"字，寄托了这位太平皇帝的美好理想。

后来，安史之乱被剿灭，这三个县名也便流传了下来，只是到近年才发生了一些变化, 平山县依然存在, 获鹿县更名石家庄市鹿泉区, 束鹿县变化最大, 现在叫辛集市。

左图：郭子仪；
下左图：平定"安史之乱"而变化的三个河北地名；
下右图：临川拟岘台。

链接

抚州是哪里啊?

一位外省同事新到单位不久, 我跟她说到抚州, 她问："抚州是哪里啊?"我说："抚州就是临川市。"她非常诧异："好好的临川, 历史上多有名啊, 谁都知道, 改成个抚州, 真是失败。"

我顿时无语, 也联想到了很多中国古而有之现今消失的地名。比如江西庐陵, 自古以文风鼎盛、人杰地灵出名, 现在叫吉安；山东的琅琊, 琅琊台和"琅琊王氏"鼎鼎大名, 现在叫临沂；河北的常山, 因为赵子龙一句"我乃常山赵子龙"而无人不知, 现在叫石家庄；内蒙古的云中, 因为苏东坡"持节云中, 何日遣冯唐"名闻天下, 现在叫托克托。想一想, 如果赵云持枪大喝："我乃石家庄赵子龙！"效果如何？把东坡名句改为："持节托克托, 何日遣冯唐？"会不会把苏先生气得从地下起来？

公认最失败的改名就是安徽的"徽州", 一个文化、传统极有底蕴的地名, 不知何故改成了"屯溪", 后来又改名"黄山", 虽然旅游资源得到提升, 但厚重的文化底蕴就此丢失。

随着时代的发展, 有些古老的地名也已经改回, 比如湖北的襄樊, 现在改回"襄阳", 历史风貌得以传承。

徐福到底有没有东渡?

"徐福东渡",是中国古代著名的故事,说当年秦始皇为了长生不老,派出徐福去海上寻找"仙药",徐福带着三千童男童女出海寻找,当然找不到,却找到了日本,于是登陆定居,今天日本国的百姓,就是徐福们的后代。

这个故事是真实的吗? 有不少人怀疑。

正史记载,徐福,又叫徐市,字君房,山东人,秦朝著名方士,曾担任秦始皇的御医,通晓医学、天文、航海。

据《史记》载,公元前219年,徐福上书秦始皇说海中有蓬莱、方丈、瀛洲三座仙山,可以求得长生不老的"仙药"。秦始皇就派他率领孩童和够吃三年的粮食出海求药。公元前210年,秦始皇在琅琊召见徐福,问为什么没有找到仙山,徐福说出海后碰到了巨大的鲛鱼而无法远航,要求增派人手。秦始皇答应了徐福,并派人射杀了一条大鲛鱼。徐福带着三千童男童女再度出海,来到"平原广泽",发现此地气候温暖、阳光明媚、居民友善,便留下来自封为王,教当地人农耕、捕鱼和沥纸,再也没有回来。

徐福登陆的地方"平原广泽"是哪里,史书说法不一。《三国志》《后汉书·东夷列传》记载徐福到的是直洲,但具体方位不详。到了五代的后周,僧人义楚在《义楚六帖》中明确提出徐福到达的是日本,日本古代渡来豪族就是徐福的后代,还说徐福将富士山称为蓬莱山。

日本史书也记载徐福到了日本九州岛。九州岛佐贺县现在还有"徐福上陆地"的纪念碑以及徐福的石冢和祠堂等遗迹,他的子孙至今称为秦氏。徐福还被九州岛百姓称为"司农耕神""蚕桑神""医药神"。

再结合日本的许多文化现象,比如日语发音很多词汇带有明显的中国江浙一带音调;日本的很多地名有明显的中国元素,甚至有个港口就叫"吴";日本有一个姓"秦",明确就是大秦帝国的后人等等,徐福东渡的故事的确是真的,不用怀疑。

　　"徐福东渡"的故事还激发了韩国很多学者的兴趣。韩国世明大学教授李昌植认为徐福当时还曾到了韩国南海岸和济州道，由此推断韩国有一部分人可能也是徐福带去的汉人的后代。

下左图：徐福东渡；
下右图：古高丽国妇女。

链接

鲜卑人和朝鲜人

　　我国的近邻朝鲜因为文化上和中华文化有不少相近之处，而中国古代鲜卑人的名字中又有个"鲜"字，所以，有学者认为现在的朝鲜人是鲜卑人的后代。

　　鲜卑，中国古代北方一个强大的少数民族，曾经建立过一个大帝国北魏，以大同为都城，全心汉化，全力支持佛教，在中华民族发展史上产生过重大影响。鲜卑分为东鲜卑，北鲜卑，西鲜卑，后来逐渐被汉族同化，现在已经消亡。因为朝鲜半岛一度属于东鲜卑的活动地区，所以，可能有部分东鲜卑人成了朝鲜人，但是笼统地说鲜卑人就是朝鲜人的先世，目前还缺乏科学的证据。

明·仇英 《汉宫春晓图》

礼记·曲礼上

礼尚往来。往而不来，非礼也；来而不往，亦非礼也。

第三编

礼制礼仪

祭祀，中华传统的最重要礼制

祭祀活动，在中国古代有着极为崇高的地位。古人认为人死了，但灵魂仍在，所以特别重视祭祀，包括敬神、求神和祭拜祖先的活动非常盛行。

古时的祭祀对象分为三类：天神，地祇，人神。祭奠这三者也有严格的阶级界限，天神地祇只能是皇帝祭祀，比如天坛，地坛，就是天子祭祀天地的地方；诸侯大臣，可以祭山川；而士庶阶层，只能祭奠自己的祖先。

民间祭祀祖先的仪式非常庄严，分为送老归山，盖棺论定，尸位素餐，送祖归灵，论资排辈等环节。清明节，端午节和重阳节，都是祭祖的重要日子。

而皇家是在什么场所祭祖的呢？太庙。太庙就是中国古代皇帝的宗庙，有点类似于民间百姓的祠堂，也就是皇家祠堂。

太庙在夏代叫"世室"，殷商叫"重屋"，周朝叫"明堂"，秦汉才开始叫"太庙"。

我国现存最完整、也最大的"太庙"，是北京的明清两代皇帝祭奠祖先的家庙，是明成祖朱棣迁都北京时修建的。规模极为庄严神圣。太庙的高度超过了紫禁城的太和殿，68根大柱及主要梁部件全部为名贵的金丝楠木。

作为古代最高祭祀礼仪的上演地，只有皇帝死后牌位才能进入太庙，太庙建成100多年间这个惯例从没有打破，直到公元1521年明嘉靖皇帝朱厚熜即位。朱厚熜的父亲没有当过皇帝，儿子即位后第一件事就是给父亲追加皇帝谥号并欲将其牌位供奉于太庙，引得群臣反对，为了让父亲的牌位进入太庙，嘉靖皇帝努力了10余年，直到公元1536年12月，他才得偿所愿地在一场盛大的仪式后将父亲的牌位安置在太庙中。

清朝推翻明朝之后，太庙中的明朝皇帝牌位并没有被毁，而是被清朝皇帝供奉。多尔衮甚至将辽、金、元等少数民族皇帝的牌位供奉起来以安抚民心。

新中国成立后，这座太庙当然被人民所有，成为劳动人民文化宫，供广大人民群众休憩游玩。

左图：祭祀图；
下左图：明成祖朱棣；
下右图：太庙。

链接

牺牲，本来跟人没关系

我们常用"牺牲"来形容一个人为了正义目的而舍弃生命。其实，最早的"牺牲"跟人一点关系也没有。《周礼·地官·牧人》载："凡祭祀，共其牺牲。"这个牺牲指供祭祀用的牲畜。古代这是"牺牲"最普遍的意思。

"牺牲"还指代供盟誓、宴享用的牲畜。如《国语·鲁语上》说："赐女土地，质之以牺牲，世世子孙无相害也。"

从晚清开始，"牺牲"开始用来形容人了，如《孽海花》第三回中："他既牺牲了一切，投了威妥玛，做了汉奸，无非为的是钱。"到了近现代，"牺牲"二字开始普遍指代"舍弃"这一层含义，如老舍《樱海集·牺牲》中说："结婚必须男女两方都要牺牲的。我已经牺牲了那么多，她牺牲了什么？"后来很多文人开始用"牺牲"来形容献出生命的英雄，如柔石《二月》中说："她底父亲是为国牺牲的。"

鼎，无法承受的社稷之重

　　2015年底，南昌市郊区新建县出土了一尊古墓。大量精美随葬品的出土，让人们怀疑这座墓的主人就是非常神秘的海昏侯刘贺，但没有确凿的证据。直到12月10日，墓中又出土了成套的九只青铜鼎，考古专家可以确定墓主人的身份——那位只当了27天皇帝的汉废帝刘贺。

　　鼎，在古代本是烹煮事物的炊具，可为什么仅凭九只陪葬的成套青铜鼎就能证明墓主人的身份呢？

　　相传上古时代，轩辕黄帝于涿鹿之战中大败蚩尤，统一华夏成为天下之主。为了庆祝统一，黄帝在荆山铸造了3只大鼎，分别象征天、地、人，象征着国家统一。从这个时候起，鼎，第一次被赋予了特殊的内涵。

　　后来大禹继承帝位，效仿黄帝功成铸鼎。他将天下划为9个州；用九州进贡的铜铸成了九个大鼎，一鼎代表一州，鼎上刻有各州的山川风物，用以教化万民分辨善恶，趋利避害。九鼎集中安置在国家都城，显示了大禹坐拥天下，九州归一，"天下有多重，九鼎就有多重"。九鼎从此成为王权天命的象征。

　　正因为鼎是天命所在，才有了春秋时期的楚王问鼎一事。西周末年，周室衰微，诸侯争霸，野心勃勃。一次，楚庄王借攻伐他国之机向周天子问鼎的轻重大小，暗示他要移鼎于楚国，取周天子而代之。周天子的使者王孙满以"统治天下在德不在鼎"为由回击楚王，保住了九鼎。

　　所以，鼎在古代，绝不是个一般的器物，而是皇权的象征。问鼎天下，鼎业，鼎命，三国鼎立，一言九鼎等词语，都象征着最高的权力。金庸先生的小说《鹿鼎记》，书名翻译成英语就是《权力的游戏》。

　　也正因如此，海昏侯墓的九鼎出土，表明了刘贺的身份，因为即使贵为诸侯，也不敢随意僭越"天子九鼎"的礼制，唯有当过皇帝的刘贺才有资格享受九鼎陪葬的礼遇。只是，身为废帝，无论生前身后，这鼎于他都不是荣耀，而是他无法承受的社稷之重。

下左图：大禹；
下右图：后母戊鼎。

链接

"司母戊鼎"这个名字其实是错的

我们在中学历史书上都学过一个名词"司母戊鼎"，实际上，由于郭沫若先生的误读，这个命名是错误的，正确的读法是"后母戊鼎"。

后母戊鼎1939年在河南安阳出土，是商王祖庚祭祀母亲戊的祭器，鼎腹内壁上铸有"后母戊"三个字，重832.84公斤，是迄今世界上发现最大、最重的青铜器，是一尊"镇国之宝"！

之所以会出现读音上的差错，就在于后人对"后母"这两个字的解释。"后"字，在古代是君主之义，"后母"即君主之母，符合鼎主人的身份。古代"司""后"通用，郭沫若先生认为这个"后"字是"司"的意思，解作祭祀的"祀"，意思是"祭祀母亲"，但这却不符合商代铭文的语法惯例，按照铭文制度，"司"应该是"后"的铭文异体。所以，2011年3月，中国国家博物馆正式将"司母戊鼎"更名为"后母戊鼎"。

门钉的讲究

很多人都看到过，一些古色古香的大门上铸有一个个圆圆的铜钉。乡村有，城市有，故宫的大门上更有，比如天安门城楼下的五个门道中，专供皇帝通行的中央门道内有两扇朱漆大门，门上有纵横各九的鎏金铜钉，门钉一般长二寸，见一寸，即钉入门板一寸左右。

这些铜钉是干什么用的呢？

一开始，这些门钉的主要作用是美观。铜钉的原形源自于墨子所说的"涿弋"，是古时城门上嵌装的尖圆形木橛。因为构造的需要，在木板和穿带部位钉上铁钉能防止门板松散，但是由于铁钉的顶帽裸露在门面上不大美观，工匠便将顶帽打造成圆形，门钉便有了装饰功能。

从隋唐时期开始，人们又在城门上钉上门钉，平时在门钉上涂上铜漆，可以装饰；战时，可以将门钉涂满泥巴，以防御敌人用火攻城。

自清朝起，铜钉有了重大的变化，门上铜钉的多少代表着等级。据《大清会典》载："宫殿门庑皆崇基，上复黄琉璃，门设金钉。"九是阳数之极，是阳数里最大的，象征最高的帝王地位，古人迷信九九能保王位久久，所以九路门钉体现着最高等级，只有皇家的宫门才可以使用门钉最多的"九行九列"，所以，天安门、故宫、太庙的宫门都是"九行九列"共八十一颗铜钉。之下，亲王府、郡王府、大臣府大门的门钉，随着地位、级别不同，数量与排列也不相同。亲王府邸是纵九横七；世子府邸是纵七横五；公爵府门是纵横各七；侯爵以下至男爵是纵横各五；地方官员也依品级大小各不相同。门钉的材质也有讲究，除了皇家宫门能用铜质门钉外，其他门钉只能用铁制。至于平民百姓家，则根本不能用门钉，只能在门上装两个敲门用的门环。

封建社会中，一颗不起眼的小小铜钉竟也有这么多讲究，后人研究历史时，一定要注意这些细节。有一座非常不错的城市，花了几百个亿打造了一座美轮美奂的古城，每一个细节都做得非常精细。偏偏就是城墙的大门，居然有纵十横九的铜钉数量，无疑要让懂行的观众吐血了。

链接

皇还是王

看过一本粗制滥造的小说，反映的是战国时代，把一位诸侯王称为"皇帝"，实在是令人啼笑皆非。

我国历史上，"王"和"皇"是有着本质区别的，如果皇、王不分，是可能被诛九族的。

秦朝以前，中国最高统治者（天子）称"王"，如周文王、周武王，其辖下的诸侯国的最高统治者也称"王"，也有的称"公"或"侯"，如秦襄王、齐桓公等。

秦始皇统一中国后，为了彰显其功绩超越于以前的统治者，他从三皇五帝中各取一字，新造了一个词"皇帝"，作为其尊号（另一说他在"王"字上加个表示太阳的白天），自此，"皇"便作为天子的御用尊号，"皇帝"成为天下的统治者，而"王"只是区域性的领袖，或者由皇子分封，或者由大臣担当，"王"在辖区内，高度自治，拥有自己的土地甚至军队，但在政治上不能独立。

三宫六院七十二嫔妃

　　现代人眼中，古代帝王的生活实在令人神往，且不说身为九五之尊生杀予夺一呼百应的无上权威，单是那后宫三千佳丽就足以羡煞旁人了。

　　"三宫六院七十二嫔妃"，是最流行的说法。所谓"三宫六院"是以后妃居住的宫苑代指妃嫔，但这主要是明朝以后的说法。因为从明朝起，天子以紫禁城故宫为皇宫，按照故宫的格局，乾清门以北是天子和后妃的生活区，分中、西、东三路建筑群，中路设有乾清宫、坤宁宫、交泰殿三宫；西路和东路各设六宫，即"六院"。三宫六院皆是后妃居所，于是演变为后妃的代称。

　　至于"七十二嫔妃"，不过是形容人数众多的一种泛称，与"三千佳丽"一样并非确数。和前朝的官员一样，后宫的嫔妃也都是有"编制"的。

　　后妃制度最早见于周代，《礼·昏仪》记载："古者天子后立六宫，三夫人，九嫔，二十七世妇，八十一御妻"。周礼定下了"一后""三夫人""九嫔"的等级礼制，之后历代在此基础上演变出不同的名目，我们可能已经从大量的古装影视剧中见识了一二，比如，唐朝在皇后之下设贵、淑、德、贤四妃为正一品夫人，四妃之下设九嫔，有九种名号，武则天之前的封号"昭仪"，就是九嫔的名号之一；清代的后妃品秩依次为皇后、皇贵妃、贵妃、妃、嫔、贵人、常在、答应，秀女初入宫，位分都在嫔以下，《甄嬛传》中，甄嬛就是从"常在"一步步升至"贵妃"的。

　　天子的妻妾，首要功能是为皇室开枝散叶，繁衍子嗣，以保证皇权世袭的稳固和安全。妃嫔往往母凭子贵，借此提升自己在后宫的位分，无怪乎那些娘娘、小主无时无刻不在上演着"宫心计"，为现代的作家、编剧提供了源源不断的灵感。今人津津乐道的，不过是古人的辛酸罢了。

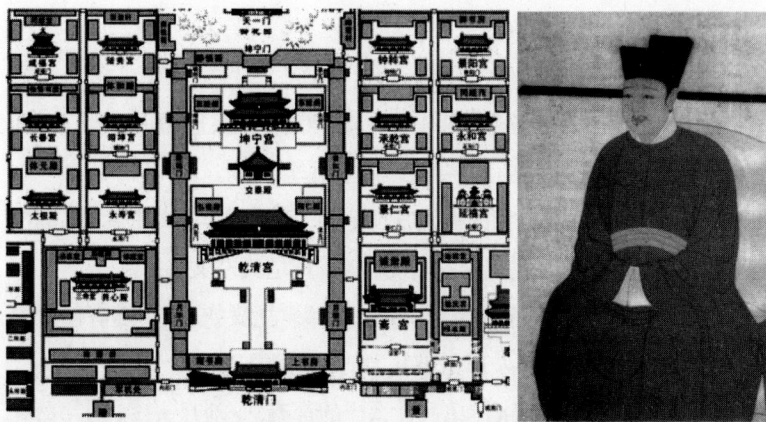

链接

中国生育能力最强的皇帝

有一种说法，清朝的灭亡，哪怕没有内忧外患的打击，因为皇帝生育能力越来越弱，自己都会灭亡了。

这不完全是笑谈，因为自从康熙（34子20女）乾隆（17子10女）之后，嘉庆、道光两个皇帝的子女总数都不超过20，咸丰帝只生了两子一女，到了同治、光绪、宣统三帝，就更夸张了，三个人都没有后代！这样下去，清朝就算不被推翻，皇族自己都要绝种了。

不去追究清末皇家子嗣灭绝的原因，只是想告诉大家，中国历史上皇帝子嗣的繁衰，是关系到帝国存亡的大事。子嗣繁茂的帝王大有人在，唐玄宗李隆基、明太祖朱元璋、清圣祖康熙帝都是出了名的多子多孙，但他们都比不上宋徽宗赵佶。

作为皇帝，宋徽宗在政治上毫无建树，唯在繁衍子嗣上恪尽职守。靖康之乱前，他就育有儿子32人，女儿34人，被金国俘虏后，又在敌国生育了14个孩子，他的子女总数达到了80人！放眼中华历史，这个数字堪称天子之"最"，这是宋徽宗除书法之外又一可以笑傲天下之处。

"文东武西"

大家都看过《借东风》《杨门女将》等大戏,戏台上皇上、国王端坐,下面文臣武将一大群,文官站在右边,武将站在左边,非常热闹。

戏曲来源于生活,实际上,我国古代官员上朝,正是遵从"文东武西"的次序排列的,"文东武西",从看戏观众的角度看来,正是武左文右。

"文东武西"这一列班次序产生于汉朝。刘邦建立汉朝后,追随者便晋级成了诸侯、将军,但其中大多数人原是市井之徒,不懂君臣礼节,因而汉初文武百官上朝时乱哄哄的,朝堂上喝酒、比武什么样的都有,令刘邦头疼。刘邦命礼仪专家叔孙通制定朝仪,改变这种混乱的上朝状态。叔孙通在古礼和秦仪的基础上制定了朝仪,并带领数百儒生模拟练习数月,请刘邦来视察,刘邦非常满意,并借着长乐宫建成的庆典大会颁发了这套朝仪,其中就包括功臣、列侯、将军依次站在西边,面朝东,丞相以下的文官依次站在东边,面朝西。从此,百官齐拜,尊卑有序,刘邦真正体会到了当皇帝的无上权威感。

之所以"文东武西",是因为古代帝王重文轻武,又崇拜东方(东,是太阳升起的地方,代表着高贵,所以皇后和太子称为"东宫"),于是就有了"文东武西"的列班次序。

古人除了"东""西"站位讲究,还有"左""右"的讲究。古时把贵族称为右族或豪右,贫贱者居住的地方称为"闾左",古代官员贬官,称为"左迁",古代书写习惯从右往左,这些都是以右为尊的表现。

不过,中国历代对"左""右"尊卑的推崇也不是一成不变的,《史记·魏公子列传》载:"公子从车骑,虚左,自迎夷门侯生。""虚左",可以看出古代坐车以左为尊;后来的"男左女右"又表现出以左为尊。

"司令员"称呼的由来

上图：古代上朝。

我国称呼大型军事集团的最高指挥员为司令员，"司令员"中的"司"这个字，便是典型的传统职级称呼。古代跟"司"有关的名词，都是官职。

"司"的字面意思是"掌管，承担"，古代管理某个方面的最高领导，便有这个"司"字，比如"司徒"，掌邦教，敷五典，扰兆民，汉初设大司徒，位列"三公九卿"的三公，隋唐时期，将司徒改为户部，掌管全国土地、赋税、户籍等，相当于现在的民政部长加税务总局局长；再比如"司空"，掌邦土，居四民，时地利，汉成帝将御史大夫改为大司空，电视剧《军师联盟》中，曹操封自己为司空，因为那时的司空有监察之职，相当于现在的监察部长；与"司令"最接近的就是"司马"，古代马是重要的战争资源，"司马"掌管军政和军赋，汉武帝设"大司马"，后来大司马改为太尉，隋唐时期改大司马为兵部尚书，相当于现在的国防部长。

从民国开始，国共两党军队的高级长官，都用了"司令"这一称呼，国军方面用的是"司令长官"，我军方面用的是"司令员"。新中国成立后，"司令员"这个称呼，在我军中保留了下来。

总督巡抚有多大

在很多反映明清历史的文艺作品中，我们经常会听到这些官职，"两江总督曾国藩""南赣巡抚王守仁""水师提督关天培""总兵左良玉"等等。这些官职有多大呢？

明朝官制和之前各朝都不一样，清承明制，几乎完全照搬。以上这些官职都是明清时代的官职，也都是国家的地方官职，都属于很高的官位。

先说"总督"，这个官职分为地方总督和专务总督。地方总督，掌管一个省至数个省的军政大权，权力相当大，大致相当于我国上世纪五六十年代设立过的地方行政大区。专务总督有监督水利的河督，监督水运的漕督等，相当于今天的水利部长和粮食部长。总督的官衔一般在从一品和正二品之间。

再说巡抚，这个职位一开始是作为朝廷派出单位，帮助某个省操持政务，但后来成了常设，每个省一个，大致相当于我国目前的省委书记。巡抚的官衔一般在正二品和从二品之间。

藩司，也叫布政使，在巡抚不是各省常设主官时，藩司（也叫藩台）是主管一省民政的长官，大致相当于我国现在的省长。一般是从二品官衔。

臬司，也叫按察使，臬台，一个省主管刑律的官员，大致相当于我国现在的省委政法委书记。一般都是正三品官员。

以上四个官职都是国家的高级官员，又叫封疆大吏。很多重要案子由巡抚、藩台和臬台联合审理，就叫三堂会审。

提督和总兵，都是军职高官。提督是一个省或两个省的军事总管，负责统辖辖区内的陆路或水路官兵，职位有点类似于今天的省军区司令员或大军区司令员，军衔大致相当于现在的中将，官衔从一品。而总兵，明清不大一样，明朝时，总兵是虚职，由地方都督兼任；清朝总兵权力很大，是绿营野战兵团的主管，大致相当于现在的师长或军长，由各省提督管辖，军衔少将，官衔正二品。

链接

说说庙号、谥号、年号

有一部唐朝背景的电视剧，唐太宗李世民临朝，大臣奏请："太宗皇帝陛下……"这是严重的历史错误。因为"太宗"，是李世民去世后，后人封的庙号。当时当面称皇帝，只能称"皇帝陛下"或"陛下"。

庙号是我国古代皇帝驾崩后，于庙中被供奉时的名号，起源于重视祭祀的商朝。庙号一般字数很少，用最少的字，概括性地总结皇帝的一生功过是非，比如宋太祖，宋徽宗，明英宗等等。

隋朝以前，并不是所有皇帝都有庙号，一般都只有谥号。谥号，是中国古代对死去的帝妃、诸侯、大臣等，按其生平事迹进行评定后，给予或褒或贬或同情的称号，始于西周。字数长短不一，比如对于隋王朝功过都大的亡国之君杨广，后人给予一个"炀"字，从此称隋炀帝。

再比如对于"先天下之忧而忧，后天下之乐而乐"的范仲淹，谥号"文正"，褒扬他心系苍生的情怀。

至于清朝皇帝的通称，比如康熙、乾隆等等，那是年号。

"七品县令"

四十年前，一部非常著名的戏曲电影在国内造成了很大的影响，一个七品知县唐成，为民申冤，将一品诰命夫人抓了起来，押赴京城。这部名叫《七品芝麻官》的电影不仅在当时唱响了廉政主题，而且让许多年轻人对于古代的官制"品"产生了浓厚的兴趣。

中国古代的主流官位制度是九品制，起始于魏晋时代，曹丕创立了"九品中正制"，由朝廷委任的"中正"考察各地官吏和知识分子，并定下上上、上中、上下、中上、中中、中下、下上、下中、下下九个等级，作为官员考据和升迁的标准。四百多年后，到了隋朝，此种制度造成的封建门阀现象越来越厉害，隋文帝杨坚开始了科举取士制度，并改良了九品官制，定下了九品十八级的官职制度，从一品到九品，每个品级又分正、从两个层级，以配合科举制的推行。

九品制的品级代表的官职以一品最高，层层向下递减。一、二、三品，都是中央"三师三公"或地方总督、巡抚、将军这样的高官，相当于今天的中央级和省部级干部；四、五、六品，是知府知州一级的中级官员，相当于今天的地厅级干部；七、八、九品，是基层官员，相当于今天的县处级、乡科级干部。官职对应品级，规范了封建官职制度，保证了封建政权的稳定性。

不光官员，皇帝的嫔妃和一些大臣的夫人也是有品级的，正如《七品芝麻官》电影里反映的"一品诰命夫人"。

中国古代非常重视"县"这个基本行政区的建设，知县的品级从正五品到从七品，共有6个品级。京畿县和一些大县强县的县官品级可以达到州府级的五品，甚至比一些知府知州还高，一些小县县令从七品，而最多的就是正七品的县官。所以，"七品县令"也就成了我们听得很多的一句熟语了。

古代官员的品级和职级，从服装、头饰等多处地方都可以看出来。

九品十八级的官制从隋朝开始至1912年清朝灭亡，一共延续了一千三百多年，对中国的影响非常大，后世官制设定往往都在这个体制上变化，现代中国的行政级别还能看得出一点影子。

下左图：古时表现官员品级的笏板；
下右图：银元宝。

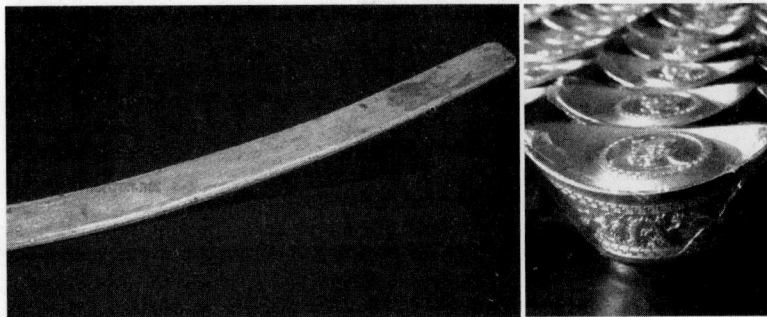

链接

七品芝麻官多少钱一个月

中国古代官吏的收入多少？这个话题一定让很多人感兴趣。篇幅有限，我用一个最简单的办法，就是用唐、宋、明、清四朝县官的收入作比较。

古代官吏收入（俸禄）有多种形式，有的发放粮食，有的发放银钱，还有的半发粮食半发银钱，我省去所有麻烦，都按现代的购买力折算成人民币。

唐朝的知县，年收入在25万到30万元之间，这个收入还是很可观的。宋朝的知县最富，每个月大概13万元，这和宋朝经济高度发达是分不开的。明朝知县最穷，每个月大概只有2500元，所以大多数官员不得不去靠以权谋私来混点吃喝的银子。清朝的知县一开始也很穷，每个月只有1000元左右，后来雍正皇帝一看官员的收入确实少得可怜，于是开创了"养廉银"制度，也就是补助，数额是俸禄的10倍到100倍，此后，清朝县官的年收入能够达到20万元以上。

座次——极为讲究的座位排序

看过《甄嬛传》的读者想必对剧中一场戏印象深刻：甄嬛选秀入宫后，与众秀女到景仁宫给皇后请安，并谒见后宫众妃。在这场戏中，甄嬛微露锋芒，漂亮地完成了她在后宫的初次亮相。不知道大家有没有留意众妃在景仁宫的座次排序？皇后作为后宫之主居中而坐，华妃、齐妃、敬嫔等人依据位份高低左右落座。其中，华妃虽然与齐妃同为妃位，但由于她圣眷正浓，又有协理六宫之权，被安排坐在皇后的左手第一位。齐妃资历再深也只能居于华妃之下，坐于右侧。后妃之间的微妙关系通过座次细节被巧妙地展现了出来。

电视剧当然有它的戏剧性。那么，在现实的礼制中，左边的座位真的比右边更尊贵吗？

在传统文化中，座次的安排体现着长幼亲疏和尊卑等级的差异，但尊左还是尊右其实并没有统一的规定。不同的时代、环境、场合，左右尊卑会进行微妙的调整。

一般而言，古人多以右为尊，但在一些特殊场合会有例外。比如乘车。《历代社会风俗事物考》中说："古人尚右，独乘车尚左"。古代车夫通常居于中间，车夫左边的位子要留给主人。中国传统礼仪中就有一个"虚左礼"，我们今天也会用"虚左以待"表示对人的尊敬。所以仅仅以左右来区分尊卑和安排座次并不恰当，更加妥帖的做法是以东西南北的方位来定座次。

在传统礼仪中，以东西南北定座次又分在堂和在室两种情况。古人居所一般是堂室结构，前堂后室，堂用于日常交际，功能相当于客厅；室用于住人。堂和室都可以用来举行礼仪活动。堂上，以南向为尊，即以坐北朝南为上座；若在室内，则以东向为尊，即以坐西朝东为首席上座，其次是南向，再次为北向，最次的座位是西向的位置。

按照这个规则来判断座次的尊卑，剧中坐于皇后左手第一位的华妃正好是室中南向坐，尊贵仅次于皇后，这对宠冠六宫、炙手可热的华妃娘娘而言，真真儿是恰如其分的。

左图：《甄嬛传》中的座次；
下左图 汉高祖刘邦；
下右图：鸿门宴中的座次。

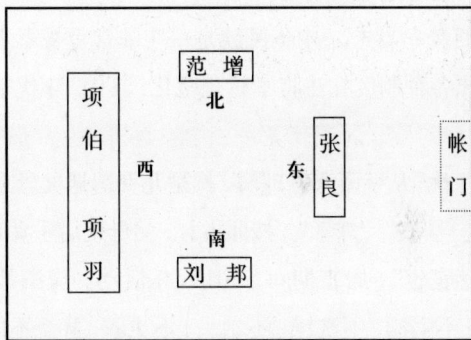

链接

鸿门宴上的座次

安排座次是宴会中非常重要的事项。说到古代的宴会，最经典的莫过于鸿门宴了。但你知道吗，鸿门宴上座次的安排其实暗藏玄机。请看——

项羽和叔父项伯是对门朝东坐；亚父范增朝南坐；刘邦朝北坐，与范增相对；张良朝西坐。

显然，室中坐主位的项羽和项伯地位最尊，其次是范增，再次是刘邦，最次是张良。

按理说，刘邦是这场宴席的主宾，应坐在仅次于主位的朝南座，可项羽把他置于范增之下，这无礼的行为其实是故意向刘邦示威。所以，仅仅一个座次，就将项羽的杀心和双方剑拔弩张的气氛暴露无遗了。

丁忧——当居丧变成一项法律义务

　　2018年初，一部《新笑傲江湖》电视剧播出，这部剧作将金庸先生的名作改得面目全非，遭到广大网友的吐槽。其中林平之和岳灵珊，在家庭遭遇大难，多人被隐藏的对手杀死，父母忧心如焚的时候，居然有心说说笑笑跑去林中打野猪的情节，更是招来骂声一片。因为按照我国传统，父母、家庭突遭大难，儿女绝不可能有这样的闲心！

　　"百善孝当先"。中华民族是一个非常重视孝道的民族。为了弘扬孝德，古人制定出各种制度礼法将孝行规范化，其中"丁忧"就是古人将"孝"制度化的典型。

　　"丁忧"从字面意思理解，就是儿女遭遇父母去世，"丁"，子嗣，"忧"，哀愁，就是"居丧""守孝"。按照古礼，父母死后子女必须守孝三年，"三年之丧，天下之达丧也"，居丧期间，一切娱乐活动和应酬都须停止，不嫁娶、不为官、不聚会、不喝酒、不洗澡、不剃头、不更衣，甚至不能住在家里，要在父母坟前搭个小棚子，睡草席、枕砖头块，这叫"晓苦枕砖"。

　　由于丁忧期间不能为官，所以古代官员一旦丁忧就必须停职服丧，服满后方可复职。国家不可强召丁忧之人为官。汉代起，丁忧服丧被纳入官员的考核机制，受到国家法律的约束，丁忧期间，如果官员贪恋权位，匿丧不报，或是在居丧期间做出嫁娶、宴饮、远游等有违孝德的行为，一旦查出，将会受到法律的严惩，严重者甚至会葬送自己的政治仕途；而如果官员丁忧期间表现优异，孝德彪炳，朝廷就会给予嘉奖，运气好的甚至能破格升迁，平步青云。

　　按照规矩，丁忧的官员必须长期解职，长达三年无法为国效力，那么，万一出现紧急事务需要处理，负责的官吏却不在岗位，耽误了大事该怎么办？古人想到了"夺情"之法变通。所谓"夺情"就是"夺其孝亲之情"，让本该丁忧的官员留守岗位继续工作。夺情者虽然不用弃官服丧，但该遵守的孝德依旧必须遵守，要身穿素服，不许参与吉庆活动。

于是有人调侃，丁忧和夺情就是古人的被迫退休和强制上班嘛！丁忧也好，夺情也罢，其实都是朝廷一句话的事儿，人伦礼法终归是要为国家政治服务的。

下左图：丁忧；
下右图：张居正。

链接

张居正夺情风波

明朝万历五年，张居正的父亲去世，按规矩他该回乡丁忧，但此时改革伊始，作为核心人物的张居正一旦离开，难保新政不生乱。于是他串通权宦冯保授意皇帝夺情。此事遭到朝中不少官员的反对，纷纷上书弹劾张居正，但都被皇帝驳回，并动用"廷杖"严惩了反对派官员。

此举震动朝野，从此无人再敢反对张居正。而铲除了异己的张居正开始自我膨胀，性情愈加偏恣，这为日后的君臣失和埋下了祸根。万历皇帝后来就以夺情一事大做文章，将张居正论罪抄家。而没了张居正力挽狂澜，大明王朝从此一蹶不振，迅速衰朽。谁能想到，一次夺情事件竟会引发如此严重的蝴蝶效应呢？

娶媳妇为什么要抬轿子？

　　"抱一抱，那个抱一抱，抱着我的妹妹上花轿。"这首民歌唱的就是传统的婚礼仪式。抱着心仪的女人上花轿，完成迎亲、婚礼，当然是每个小伙子梦寐以求的时刻。

　　《礼记》曰："昏礼（按：即'婚礼'）者，礼之本也。"作为一生中最隆重的仪式，谁不希望能有一场终生难忘的婚礼？旧时民间用"十里红妆"形容女子出嫁的盛大场面，据说，浩浩荡荡的迎亲仪仗可以从女家一直延伸到夫家。在这蜿蜒如龙的迎亲队伍中，最受瞩目的莫过于新娘乘坐的花轿。

　　在中国传统婚俗中，花轿是重要性仅次于嫁衣的婚礼道具。出于对花轿的重视，古人在建造花轿时格外用心，并留下了很多巧夺天工的花轿杰作。央视热播的文博综艺节目《国家宝藏》就展示了一顶民国时期的"万工轿"，其工艺之复杂精美震撼全场，观众纷纷惊叹能坐上这样一顶花轿结婚才算真正"高大上"的婚礼！

　　花轿娶亲的习俗自古就有，但起源至今还是一个谜。有好几种种传说：一说源于唐代高门士族违禁偷娶活动；一说源于北宋理学家程颐对传统送嫁婚仪的改革；一说南宋高宗为报民女救命之恩特许的恩惠。据考证，"轿子"的原型是"檐子"，也叫"肩舆"，是唐代开始盛行的交通工具，但那时只有皇帝和有特权的大臣才能乘坐，一般人没资格享用，娶亲更不可能。这种情况延续到北宋中叶，坐"檐子"的特权禁令废除，第一次出现了用"檐子"娶亲的现象，直到南宋才突破士庶界限，成为社会性的风尚流传后世。

　　坐轿有讲究。旧时女性只有初嫁才可以坐花轿，所以这对她们而言是一生只有一次的行为。而根据主人贫富和身份不同，花轿的规格是不一样的，寻常人家是二人抬的花轿，富贵人家花轿常用四抬，甚至八抬，花轿做工更加精致，如"万工轿"。娶亲过程中还有许多仪式，比如去新娘家接亲的时候，轿子不能空着，里面要坐一名男孩，俗称"压轿孩"。有的地方还有"颠轿"习俗，电影《红高粱》中就有"颠轿"的描写。

下左图：万工轿；
下右图：慈禧太后的御用汽车。

链接

"轿车"是袁世凯的发明

英语 car 这个单词，意思是"小汽车"，世界各国也都是这么理解的，唯有中国人给予它的称呼很特别：轿车。这个名词的发明者是袁世凯。

据说，中国第一个拥有汽车的人是清朝慈禧太后。1901 年，为讨好慈禧，时任直隶总督的袁世凯献给了慈禧一辆欧洲人送给自己的汽车。慈禧没见过汽车，大感新鲜，就问袁世凯这是什么车，袁世凯也不知道该怎么说，看到这辆汽车外形上和轿子很相似，于是灵机一动，说此车名叫"轿车"，慈禧太后一听大喜，觉得又形象又吉利，于是流传开来，中国人的生活中开始有了"轿车"这个名词。

不能乱喝的交杯酒

现在的不少年轻人，比如同学、同事、朋友，一起游玩、聚餐的时候，男女动不动就喝个交杯酒，似乎很好玩。可是，你知道吗？在古代，交杯酒是非常神圣的象征，绝对不能乱喝的。

这要从古代婚礼中的一个重要仪式——合卺（jǐn）谈起。

"卺"，是一种用葫芦制成的酒器。合卺，就是古代婚礼中，将葫芦剖开两瓣，每一瓣中盛上酒，用一根红线连着柄，然后新郎新娘各执一半饮酒，象征二人从此合为一体，同甘共苦。宋代以后，新婚夫妻不再用卺盛酒，而是改用杯盏。所以，合卺就是今天我们俗称的"交杯酒"！

合卺是中国传统婚礼最具标志性的仪式之一，同时也是中国最古老的婚俗之一。合卺这一仪式创始于周代。当时，周公姬旦制礼作乐，制定出了一系列典章制度，即后世称道的"周礼"，这其中就包括婚礼，我们今天所熟悉的中式婚礼的仪式就是来源于周公的设计。

有趣的是，周公最初的设计里是没有合卺的，合卺的出现其实是一场"意外"。据说，为了普及婚礼的程序，周公携妻子向众人演礼示范，但进行到最后一项"敦伦"的时候遇到了困难，原来"敦伦"指的是夫妻行房，这显然不适合当众表演了。于是周公临时想出了一个办法，以剖开的葫芦瓢为喻，敦夫妇之伦，就如同把剖成两半的葫芦瓢重新合为一体，这意味着阴阳和谐，乾坤有序。从此，葫芦瓢便成了婚礼的一种礼器。后来到了春秋，孔子修改了周公的礼制，但保留了葫芦瓢，把它作为新婚夫妇的酒器，"合卺"就以交杯酒的形式传承了下来。

所以，青年朋友们，喝交杯酒就意味着做了夫妻。你还敢动不动就喝交杯酒吗？

左图：创制周礼的周公；

下左图：合卺；

下右图：明代青玉合卺杯。

链接

交杯酒应该怎样喝？

古人合卺不光仪式烦琐，还设计出了专用的合卺杯（故宫博物院藏有一对明代青玉合卺杯），今天人们化繁为简，在婚礼上男女各拿一杯酒，手腕相交一同饮尽；也有的是把自己手中的酒喂给对方喝下，或者是各饮一半然后把剩余的酒混合再倒给新人喝下。喜欢标新立异的年轻人发明出了更加新颖有趣的喝酒方式，比如用一只大酒杯斟满酒，新人用双吸口的吸管一同饮尽杯中酒；又如把酒换成喜糖，新人互喂对方吃糖；再如，用掏空了果肉和果核的苹果作酒杯盛酒；还有的讲究寓意，将五种不同的酒混合调制成一杯鸡尾酒让新人喝下，象征共尝"人生五味"……

一杯酒玩出如许花样，周公若是知道了，想必会叹一句"后生可畏"吧！

冠冕堂皇

　　南方某县的县委大楼,做成了乌纱帽的形状,中间高耸,旁边"帽翅",还往上翘一翘,这座奇葩建筑当然被上级部门狠狠批了一顿,但也从中可以看出中国人的冠冕情结。

　　古代中国,帽子不光可以保暖、美观,更是一个人身份和地位的象征。古代不是人人都能戴"帽"的,普通百姓无"帽"而有"巾"。"巾"是用于包头或扎发髻的丝、麻制品,而"冠"在古代是最贴近"帽子"含义的。

　　《国语》说:"人之有冠,犹宫室之有墙屋也。"古代男子成年时要行"冠礼",男子二十岁被称为"弱冠"。如果该戴帽子时未戴,甚至可能付出生命的代价,《左传·哀公十五年》载,卫国内乱,子路用以系冠的缨(丝绳)被砍断,他放下武器结缨,并说:"君子死,而冠不免。"结果被人乘机砍死。

　　古代无论是普通百姓还是官员都重视"帽子",所以有"冠冕堂皇"这个成语。《说文解字》明确提到:"冕,大夫以上冠也。"也就是说,"冕"是中国古代帝王及官员们戴的礼帽,普通百姓是戴不了"冕"的。

　　"帽"这个字出现在魏晋南北朝时期,各个朝代的帽子款式也各不相同,比如乌纱帽,乌纱帽原是民间常见的一种便帽,作为正式"官服"的一个组成部分始于隋朝,兴盛于唐朝,宋朝时加上了双翅,到了明朝才开始将乌纱帽作为当官为宦的代名词。宋朝的方帽也很有特点,因为宋朝当官讲究"文官盼长,武将盼方"。元朝不同民族戴的帽子不同:蒙古人的帽子和现代钢盔差不多;色目人多为商人,戴的是五颜六色的包头巾,根据财富地位还镶嵌着宝石;农民起义"红巾起义"的农民军头上统一戴着红色的头巾。清朝百姓戴着黑色瓜皮帽,官员帽子分为两季,冬天和夏天帽子由不同材质构成,帽子最高部分装有顶珠,材质多以红、蓝、白、金等色宝石装饰。顶珠是区别官职的重要标志,一品官员用红宝石,二品珊瑚,三品蓝宝石,四品青金石,五品水晶,六品砗磲，七品素金，八品阴文镂花金，九品阳文镂花金。

下左图：清朝一品文官朝冠；

下右图：清代妇女的花盆底鞋。

链接

古人穿什么鞋子

中国古人穿的鞋有多种称谓，如履、屦、屐、靴、鞻等，制鞋的材料一般是草葛、布帛、皮革。

屦就是由草葛制成的单底鞋，当草葛换成丝或麻时，屦就成了"履"。

屐是一种木底鞋，多用草或布帛制成，底有两齿，方便在泥地行走。先秦时出现，魏晋南北朝风靡，贵庶都可以穿屐，而且多用于出游。"谢公屐"就是东晋诗人谢灵运在屐的基础上发明的一种登山鞋。

宋以后屐主要用作雨鞋。

靴是源自北方游牧民族的款式，随胡服传入，多用布或皮革制作，由于保暖性好，便于活动，所以古人多用于骑马。唐代最流行穿靴，无论官民、男女都可穿靴。到了明代，靴只用作官鞋，庶民禁穿。

鞻是古代的拖鞋，多用草制。

清朝的鞋子很特别。男性一般穿布鞋，造型粗犷，短鞋口、双梁，配以花纹，现在的男性布鞋款式就发端于此。满族贵族妇女会穿一种花盆底鞋，鞋底上宽下圆，由木头制成，走路时发出有节奏的铎铎声，这其实是一种高跟鞋，使得女子走路时手臂前后摆动，幅度增加，显得婀娜多姿。

清代刺绣《竹林七贤》

春日　南宋·朱熹

胜日寻芳泗水滨，
无边光景一时新。
等闲识得东风面，
万紫千红总是春。

第四编

节日节气

"节"，一开始指的是节气

每个中国人都喜欢过节，春节团圆，收压岁钱，元宵吃汤圆，清明祭祖，端午吃粽子，中秋吃月饼，还都有假放，多开心、多有意义啊！

可是，你知道"节"这个字是怎么来的吗？

"节"，一开始是"节气"的意思。中国古代的传统农耕文明中，农业生产处于最重要的地位，在长久的农业实践中，古人摸索出了一套适应天象、气候、温度、湿度进行优良耕作的经验，把一年分成春、夏、秋、冬四个季节，又按照天气变化将四个季节分为二十四节气，每个节气更是细分为"三候"，作为指导农事的补充历法，这个划分法非常科学，很好地满足了农业生产的需要，是我国劳动人民长期经验的积累和智慧的结晶。

"节"，就是从古人在农业生产中为了庆祝某个节气而形成的群体活动中演变而来的，比如"春节"，就是为了庆祝农历新年的开始，大家团圆，聚餐，互相拜访，蓄力准备一年新的耕作，久而久之，演变成为中华民族最重要、也最喜庆的节日。再比如清明节，就是节气"清明"这一天，时值仲春，温度上升，大地回暖，绿草茵茵，山花烂漫，人们纷纷外出踏青，祭奠先祖，久而久之，也就形成了中华民族的一个传统节日。

春节老人是谁？

左图：二十四节气图；

上图：和蔼、喜气的中国"春节老人"。

现在的年轻人，没有不知道"圣诞老人"的，都了解"圣诞节"，纷纷在这个西方节日到来的时候，穿上圣诞服，扛上圣诞树，过个平安夜，再问圣诞老人讨要礼物，还总是碰上购物大减价，玩得不亦乐乎！

"圣诞节"是西方人最重要的节日，"圣诞老人"当然是西方人的使者，是基督教的产物。其实，我们中国人最重要的节日"春节"，也有一位可爱的使者——"春节老人"。

这位"春节老人"名叫落下闳（复姓落下），四川阆中人。他是西汉年间人，从小就喜欢观察天象，小有名气。后来，被著名的司马迁推荐进长安，研制历法，并于公元前104年被汉武帝采用，名为"太初历"。这个历法第一次将二十四节气纳入，极大地改变了当时的历法混乱的现象，对中国的农业生产做出了巨大的贡献。2004年9月16日，中国国家天文台将一颗国际永久编号为16757的小行星命名为"落下闳星"。

正是由于落下闳制定的"太初历"确定了以"雨水"节气所在的月份为正月，所以，中国人才开始有了"春节"，于是，老百姓亲切地称呼落下闳为喜气吉祥的"春节老人"。

今天，在"中国春节文化之乡"四川阆中，人们常会看到身着红色吉庆古装、手持法杖、面容慈祥的白发白须老人，在忙着给人们派发红包呢。

聊一聊子丑寅卯，甲乙丙丁

有一句非常通俗的话：讲不出个子丑寅卯。还有几个更通俗的序号表示法：甲乙丙丁。冯小刚1997年拍的贺岁片《甲方乙方》，更是开创了中国内地贺岁片的先河，而为广大百姓所熟知。

可是，很多人不一定知道，子丑寅卯，甲乙丙丁，都是中国古代干支历法的表现形式，先人已经很好地运用了几千年！

天干地支，简称干支，源自中国远古对天象的观测，是中国古代重要的纪年历法，完全参照黄道地日关系创建，在夏历中用来编排年号和日期。从殷墟出土的甲骨文来看，天干地支主要用于纪日，此外还用来纪月、纪年、纪时。

"甲、乙、丙、丁、戊、己、庚、辛、壬、癸"称为十天干，"子、丑、寅、卯、辰、巳、午、未、申、酉、戌、亥"称为十二地支，两者按固定的顺序互相配合，组成了干支纪法。起源于公元前2697年，黄帝命令大挠氏探察天地之气机，探究五行，始作十天干，十二地支，两者相互配合形成六十甲子。

古人认为，天干承载天之道，地支承载地之道。在天成象，在地成形，在人成运；天道与地道决定着人道，故天干地支契合天地人事之运，周而复始，循环一周，从而产生六十甲子的往复循环，也有了六十年一轮回的说法。

干支纪年怎么算呢？也很简单，用阳历年份除以60的余数减3，就能得到该年农历干支序号数，再查询干支表，便可得出干支纪年，如果序号数小于、等于零则在干支序号数上加60。例如，求1991年的干支：1991÷60=33余10，年干支序号数=10-3=7，查干支表得知该年为庚午年；又如求1983年干支：1983÷60=33余3，干支序号=3-3=0，加上60，通过干支表得知该年为癸亥。

干支历虽然和中国现在使用的阳历是两套不同的历法，但其作为历法已通行了数千年，它是中国所特有的历法，也是古代中国人民的智慧结晶。史料证明，天干地支不仅运用于时间历法，也曾用于儒学、理学、医学、风水和命理学, 对于中国古代计时记事起到了重大的作用。今天, 一些很有传统文化风格的日历上, 依然会标注当年的干支名称, 延续着中华传统历法的这一支血脉。

下左图: 天干地支;
下右图: 辛亥革命示意图。

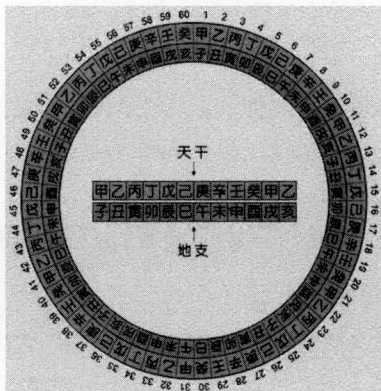

链接

辛亥革命废除了干支纪年

辛亥革命, 戊戌变法, 甲午战争, 晚清这些重大的事件, 都改变了中国的历史, 这些事件也是用干支纪年法表示的重大事件。

公元 1911 年爆发的辛亥革命, 正是因为中国农历辛亥年而得名。辛亥革命废除了清廷, 建立了"中华民国"。1912 年 1 月 1 日, "中华民国"正式成立, 孙中山在南京就任临时大总统, 以 1912 年为民国元年。为了与国际接轨, 民国政府决定从此中国采用西元作为官方历法, 从此, 中国官方采用"公元年份"为历法, 中国传统的干支纪年正式退出了历史舞台, 但是, "甲乙丙丁"这样的表述序号的方式还是会在官方、民间的各种场合经常用到。

古代的元旦是哪天？

　　汉语中，用"元"组成的词组很多，而且一般都很高大上或者很有纪念意义，比如元首、元宵、元素、元年、元始天尊、一元初始、连中三元等等。因为"元"字表示开始、第一、凡数之始，所以，这个字一般比较喜庆，特别是表示新年的元旦。

　　元旦，每年的1月1日，真是个让人心情非常愉悦的词，"旦"为象形字，"日"在"一"上，仿佛太阳从地平线上冉冉升起，象征一天的开始，因起于岁之元、月之元、时之元，元旦又称"三元"。

　　元旦名称源于三皇五帝之一的颛顼，距今已有五千年，《晋书》载："颛帝以孟夏正月为元。"孟夏，是农历四月，也就是每年四月初一为元旦。

　　之后，元旦的日子发生了多次改变，夏代为夏历正月初一，商代为夏历十二月初一，周代为夏历十一月初一。秦始皇统一中国后，以阳春月（十月）为正月，即十月初一为元旦。

　　汉武帝时期，落下闳等人创立了"太初历"，规定孟喜月（元月）为正月，也就是正月初一是元旦，元旦这天的饮食也丰富多彩，饮桃汤，喝屠苏酒，吃胶牙饧，五辛盘，吃鸡蛋，年糕，以祈求健康、长寿、祛百病。从此，正月初一，也就是传统上的春节作为元旦，在中国历史上流传了将近两千年。

　　以公历每年的1月1日定为元旦，是辛亥革命确定的。推翻满清政府之后，为了"行夏正，所以顺农时，从西历，所以便统计"，国民政府确定使用公元纪年法为我国的正式历法，1912年1月13日，孙中山发布的《临时大总统关于颁布历书令》中责令内务部编印新历书，自此以后，每年公历1月1日为新年，1914年定农历正月初一为"春节"。1949年9月27日，第一届中国人民政治协商会议上决定采用世界通用的公元纪年法，把农历正月初一定为"春节"，阳历1月1日定为"元旦"，从此，元旦成为全国人民的欢乐佳节。

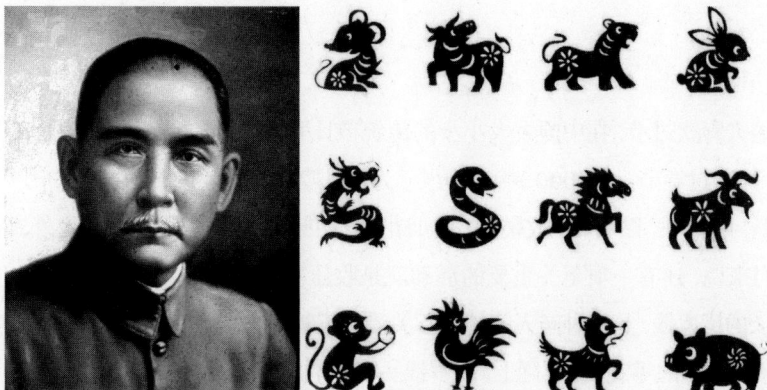

链接

十二生肖

　　有一个著名的笑话，古代一个官员巴结上司，上司
生日时，送了一只和真老鼠一样大的金老鼠，因为上司
属老鼠。贪婪的上司后悔得要命："我若晚生几天多好，
那我就属牛了！"

　　属相，又叫十二生肖，是中国与十二地支相配的
十二种动物，包括鼠、牛、虎、兔、龙、蛇、马、羊、
猴、鸡、狗、猪，这是中国特有的文化符号。

　　十二生肖的起源与动物崇拜有关。从五行的角度来
说，十二生肖顺序中，单数是阳，双数是阴，所以这些
动物也都具有或阳或阴的属性。而且，十二生肖每个动
物与地支对应的时间，又正好是该动物一天中最活跃的
时候。

　　生肖作为中国悠久的民俗文化符号，留下了大量诗
歌、春联、剪纸、书画和民间工艺作品，甚至通过中国
传统宗教哲学和术数的结合，在民间形成了生肖信仰，
加上生肖动物性情的联想，形成了一套信仰体系，包括
本命年，取名，命理，婚配，性格等。现在的年轻人相
亲时，有时候还会被问一句你是属什么的？七大姑八大
姨有时候还会叨叨：龙和马很配啊！

压岁钱是在压什么？

中国人喜欢过节，在中国大大小小的传统节日里，最重要、也最喜气的就是春节。中国人过春节已有4000多年的历史，为了迎接农历新年的到来，家家户户除旧迎新，贴对联，贴窗花，放鞭炮，放烟花，吃团圆饭，喜气洋洋。除此之外，对孩子们来说，还有一项至关重要的活动就是收压岁钱。

今天的压岁钱，是一种亲人间的相互关爱与祝福，许多人把压岁钱理解为就是给孩子多一些的零花钱，实际上，压岁钱一开始不是这样的意思。

相传，古代有一种小妖，名字叫"祟"，黑身白手，每年大年三十晚上就会跑出来害人，用手在熟睡的孩子头上摸一下，孩子就会被吓哭，高烧不退，胡言乱语，哪怕病好了，聪明机灵的孩子往往变成了疯疯癫癫的傻子。人们怕"祟"来害孩子，就在三十晚上点亮灯火团坐不睡，称为"守祟"。汉朝时的一天，一户人家用红纸包了8枚铜钱放在孩子枕头底下，据说"祟"就吓得不敢来了。从此，家家户户都会在年夜饭后用红纸包上8枚铜钱交给孩子，让孩子放在枕边，果然，"祟"再也不敢来害小孩了。据说，这8枚铜钱是八仙变的，在暗中庇佑孩子，孩子得到这些钱就可以平平安安度过一年，人们把这钱叫"压祟钱"，又因"祟"与"岁"谐音，慢慢地就称作"压岁钱"了。

随着时代的发展和人民生活水平的提高，现在的压岁钱当然不在红包里面放铜钱了，压岁钱"避邪去魔"的功能逐渐结束，而其担负的"岁岁平安""身体健康""学习进步"等"励志作用越来越强。

现代的压岁钱有两种，一种是长辈给晚辈的，一种是晚辈给长辈的。给孩子的"压祟钱"是为了保健康平安，而给老人的"压岁钱"是祝愿老人不再增长岁数，长寿平安。

下左图：压岁钱；
下右图：祭灶。

链接

祭 灶

现在的很多山里农居，都有一间烧柴火的灶房，灶房的北面或者东面会设上一尊灶王龛，中间供奉着灶王爷的神像。

灶王爷的原型，是中国三皇五帝时期的开天帝王，也是中国民间最富代表性、最有广泛群众基础的神祇，寄托了劳动人民希望辟邪除灾、迎祥纳福的美好愿望。

民间传说中，灶王爷下凡人间，负责管理各家的灶火，到每家每户灶台前，让家家户户都"有得吃，不愁吃"。"民以食为天"的中国人把灶神当作诸多神祇中的一家之主。

尤其是每年正月前几日的祭灶活动，更是中国民间的传统习俗。祭灶，就是祭拜灶王爷，非常热闹，全家人集中在灶前，给灶神嘴边抹糖，送灶王爷上天，请他为老百姓说好话。仪式结束后，大家开开心心地吃祭灶糖、喝祭灶汤，俗称"填仓"。

祭灶的时间不一样，北方多在腊月二十三，南方多在腊月二十四，还有些地方是腊月二十五。祭灶这天叫"小年"或"交年"，从这一天开始，中国人就开始过年了，一直过到正月十六才结束。

端午节绝不是韩国人创造的

20世纪90年代中后期,"韩流"盛行,与服饰、美容、影视、饮食等相关的韩国文化元素大面积涌入中国,中国少男少女一时间对韩国文化趋之若鹜。

不知是不是韩国人在中国玩得太嗨了,2005年端午节前,韩国人给了中国人一个巨大的震惊,他们的民间节目"江陵端午祭",被联合国教科文组织公布为"人类口头和非物质遗产代表作"。

端午节起源于中国,这是谁都知道的。公元前228年的五月初五,楚国诗人、政治家屈原,在秦将白起攻破楚都郢(今湖北江陵)后,悲愤交加,抱石自尽于汨罗江,以身殉国。后来,为了纪念这位爱国忠臣,老百姓纷纷在这一天包粽子、赛龙舟,寓意包裹的粽子扔进江里代替屈原,再快速划着龙舟把屈原从水里救上来,久而久之,形成了一个传统的节日。所以,端午节迄今已有2500余年的历史,是中华民族的传统佳节。而韩国的端午节是1500年前从中国传过去的。由此看来韩国人的端午申遗成功是颇为搞笑的。

好在4年后,由中国湖北省、湖南省、江苏省联合组织的中国端午节申遗活动成功,中国的端午节被联合国教科文组织正式确定为世界非物质文化遗产,由此,端午节成为中国首个列入世界非物质文化遗产的节日!

在我国,端午节并不专门纪念屈原,江苏有些地方纪念伍子胥,浙江绍兴一带纪念孝女曹娥,但活动仪式都差不多。

尴尬的"祝你清明节快乐"

看到过这么一个笑话，一对青年男女平时感情很好，男孩子每逢过节或纪念日就喜欢发微信"祝你节日快乐"。这年的清明节，男孩子兴冲冲给女朋友发了条"祝你清明节快乐"，结果，女孩子气乎乎首地跟男孩子分手了。

那么，清明节是一个什么样的节日呢？

相传，春秋时期，晋国公子重耳在流亡途中饿晕，随臣介子推割了大腿上的肉煮给重耳吃，救了重耳。后来重耳回国继位晋文公，重赏功臣，却忘了介子推，介子推随即隐居山林，晋文公想寻回介子推，介子推避而不见，晋文公只好大火烧山，想逼介子推出来，却只逼得介子推葬身火海，并留下遗言"割肉奉君尽丹心，但愿主公常清明"，晋文公为了纪念介子推，将这天定为寒食节，后一天又是清明节，祭扫的传统由此开始。

清明节的名称也与天气物候相关，二十四节气中，清明是一个重要的节气，气温回暖，降雨增多，正是春耕播种的好时节。茶叶中的珍品"明前茶"，也正是清明前采摘的，因为清明之前，气温低，茶叶生长缓慢，所以茶叶芽细嫩，味道甘醇。

清明对古代农业生产有着重要的意义，而且由于天气回暖，人们纷纷走出户外，踏青郊游，享受阳光，并祭祖扫墓、追思故人。所以，在清明节这个气氛颇感沉重的节日，还是不要给朋友祝福"清明节快乐"了。

左图：屈原像；
上左图：端午赛龙舟；
上右图：清明祭祖。

七夕，中国人的情人节

现在的年轻人，最追捧的节日可能就是情人节了，每年的2月14日，年轻情侣们都要约会逛街，吃饭，购物，送礼物，不少商家搞出各种活动，鲜花涨价，巧克力售空，电影票都一票难求，店主们赚得盆满钵满。

情人节是典型的西方节日，来源于基督教的圣瓦伦丁节，具体出处说法不一，但都跟基督徒有关。并不笃信基督教的中国人热烈庆祝此节，有些不伦不类。中国情侣间的互吐衷肠和甜蜜浪漫完全可以在另一个节日尽情表现，那就是每年农历七月初七的七夕节。

七夕节发源于中国，也是华人地区及东南亚各国的传统节日。七夕节又名乞巧节，有乞求女子巧慧的意思，这天，女人们穿针刺绣展示手艺，以彰显女子的巧慧。而且，到了晚上，女子们可以盛装打扮，大大方方地走出家门，与姐妹们聚会，逛街玩耍。因为古代女子一般不在外面抛头露面，所以，这非常特殊的一天，往往成了单身女子与心仪男子互相吸引，互相倾吐衷肠的重要时机。有不少年轻男女因为七夕的美好夜晚，而寻求到了终生的美满伴侣。

后来，因为牛郎织女的传说，七夕节更成为象征爱情的节日。这一天，被迫天人分隔的牛郎织女夫妇都能在喜鹊搭起的桥上相会，人间的男女情侣更应该"不离不弃、白头偕老"，恪守双方对爱的承诺。久而久之，七夕节的情人节意味越来越浓厚。

2006年，国务院把七夕节列入第一批国家非物质文化遗产名录。想过情人节的情侣们，不妨过过更有中华文化传统底蕴的七夕节吧。

元宵节也是情人节

中华传统文化中，不光七夕节是情人节，元宵节也是情人节。

元宵节是一个极为古老的传统节日，又名上元节，起源于东汉，至今两千年。东汉明帝时期，因为提倡佛教，每年正月十五，庙中的僧人都会点灯敬佛，皇帝看着热闹，干脆下令这一天夜晚皇宫里也点灯敬佛，并令士族庶民也都挂灯，逐年演变形成了民间盛大的节日，家家户户都要吃元宵（北方说法，南方则叫汤圆），象征着阖家团圆，幸福圆满，到了晚上，还有赏花灯、耍龙灯、踩高跷、舞狮子、划旱船等丰富多彩的活动，满城火树银花，热闹喜庆。

对于少男少女们来说，元宵节更是他们心中神往的节日。因为古代封建保守，年轻女子一般不能随便外出，尤其是晚上更是不能出门，元宵节是个例外，少女们可以上街观灯游玩，对他们思念已久的少男们当然不会错过这样的机会。于是，漫天的灯火柔和地照在少女的脸上，少女们精心梳妆，烟视媚行寻"潘安"，少年心潮澎湃，赏月赏灯赏"秋香"，美好的情愫洋溢在他们的周身。

左图：牛郎织女的传说；
上图：赏花灯是元宵节最重要的民俗。

团圆赏月过中秋

每年农历八月十五是中秋节,中秋节是中国传统节日之一,也是我国仅次于春节的第二大传统节日。

中秋节,又称月夕、秋节、仲秋节、八月节或团圆节,因其恰值三秋之半,故名中秋。据说这天月球离地球最近,月亮最大、最圆、最亮,所以从古至今都有饮宴赏月的习俗。早在唐代,嫦娥奔月、吴刚伐桂、玉兔捣药、唐明皇游月宫等故事已广为流传,使中秋节充满了浪漫的神话色彩。

中国人重家庭,重家人团聚。中秋的月亮一年中最圆,所以,中秋的主题就是团圆,游子归家、倦鸟归笼、走亲访友、好友小聚、表达心意,如今的中秋佳节,家人团聚,围坐在一起,赏月吃月饼,洋溢着无尽的喜气。餐桌上不仅有藕盒子、桂花酒、芋头、鸭肉、月饼,也有大螃蟹,所谓"菊黄蟹肥秋正浓",中秋节正是吃螃蟹的好时节,肥美的螃蟹自古便是中秋宴席的"座上宾",所谓"花好月圆人团圆,家和国盛万事兴"。

笔者小时候过中秋,与三五好友,徜徉在皎白的月光下,手拿月饼,互相嬉闹,吃不完的月饼,就使劲往天上月亮的方向扔出去,赶紧闭上眼睛,偷偷述说着自己的小小心愿,仿佛月饼被自己远远扔到了月亮上,可以帮助自己实现美好的愿望。

在我国的一些地区,中秋节的重要性甚至要超过春节,比如在广东的一些地区,家人对于中秋团聚的重视程度是无与伦比的。

受中华文化的影响,中秋节也是东亚和东南亚一些国家尤其是当地华人华侨的传统节日。自2008年起,中秋节被列为国家法定节假日。2006年5月,国务院将中秋节列入首批国家级非物质文化遗产名录。

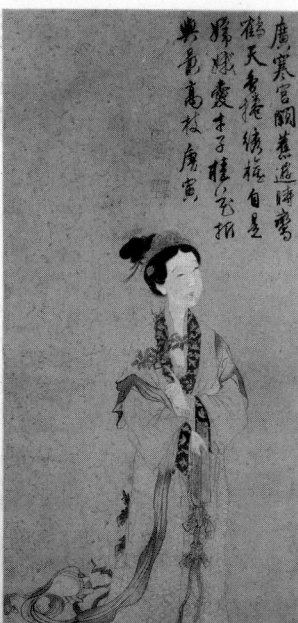

嫦娥到底是谁？

有一句很好笑的段子："小时候只顾着想月饼，没有理会嫦娥；大了后只顾着想嫦娥，没有理会月饼。"

是的，中秋赏月时，就会联想到嫦娥奔月。"嫦娥应悔偷灵药，碧海青天夜夜心。"嫦娥到底是谁呢？

嫦娥，是中国上古神话中的人物，三皇五帝之一帝喾（天帝帝俊）的女儿、后羿之妻。嫦娥相貌出众，明艳动人，本称姮娥，西汉时为避汉文帝刘恒的忌讳而改称嫦娥。高诱注解的《淮南子》中，第一次指出嫦娥是后羿之妻。在古代三妻六妾时代，嫦娥却与后羿开创了一夫一妻制的先河。传说嫦娥为了长生不老，偷吃了后羿自王母娘娘处得来的不死药，却奔月成仙，久居广寒宫中。宫中还有一只兔子，是她飞天时抓住的。

嫦娥飞仙之后，后羿因思念妻子，便派人到后花园摆上香案，放上她平时最爱吃的蜜食鲜果和月饼，遥祭月宫里眷恋着自己的嫦娥。老百姓们得知嫦娥奔月成仙的消息后，也纷纷在月下摆设香案，向善良的嫦娥祈求吉祥平安。从此，中秋节拜月的风俗在民间传开了。

上左图：《弘历中秋赏月行乐图》（清·郎世宁）；

上右图：嫦娥。

重阳登高话长寿

九月九日忆山东兄弟

唐·王维

独在异乡为异客,每逢佳节倍思亲。

遥知兄弟登高处,遍插茱萸少一人。

农历九月初九,是中国传统的重阳节,又称重九节、晒秋节,与除夕、清明节、端午三节一起被称为中国传统四大祭祖节日。重阳之意源于《易经》,在中华民族古老的智慧中,"六"为阴数,"九"为阳数,九月九日,日月并阳,两九相重,故而叫重阳。

重阳节有登高和插茱萸的习俗,源于东汉时期的传说。据说那时,汝河有个瘟魔,经常带来灾难和瘟疫,百姓受尽了蹂躏,要登上高山或高处,才能逃避瘟魔的祸害。有个叫恒景的青年,受仙人指点,在九月九日瘟魔出没的时候,令全村备好茱萸叶和菊花酒,瘟魔出来后,闻到茱萸叶和菊花酒的气味浑身不适,最后被恒景斩于剑下。从此,每年农历九月九日,登高避疫的风俗便流传下来。唐代,重阳节被正式定为民间的节日。明代起,重阳节时皇宫上下要一起吃花糕以庆贺,皇帝要亲自到万岁山登高,以畅秋志。

今天的重阳节被赋予了新的含义,因"九九"谐音"久久",寓意生命长久、老人长寿,1989年,我国把每年的九月九日定为老人节,将传统与现代巧妙结合,从此,重阳节成为尊老、敬老、爱老、助老的老年人的节日。

今天的重阳节,风俗很多,人们登高、赏秋、赏菊、插茱萸、吃重阳糕、饮菊花酒。在安徽、湖南、江西等南方地区,由于地势原因,还保有晒秋习俗,秋季丰收的大量新鲜蔬菜瓜果在屋顶晒干贮藏,形成了蔚为壮观的景象。

链接

冬至和腊八

寒冷的冬日，有两个温暖的节日慰藉着中国人的心，一个是在冬天刚到时迎来的冬至，一个是春节前的最后一个节日腊八。

冬至又称"冬节""贺冬"或'一阳生'，是中国农历中一个重要的节气，也是中华民族的传统节日。早在二千五百多年前的春秋时代，中国就已经用土圭观测太阳，测定出了冬至，这也是二十四节气中最早制定出的节气，时间定在每年的公历 12 月 21-23 日。冬至那天，北方吃饺子，南方吃汤圆。有的地方还有冬至扫墓的习俗。

腊八，又称"腊八节"，即农历十二月初八。十二月也称腊月，"腊"的含义有三：一是"腊者，接也"，寓有新旧交替之意（《隋书·礼仪志》载）；二是"腊者同猎"，指田中获取禽兽好祭祖祭神，"腊"从"肉"旁，就是用肉"冬祭"；三是"腊者，逐疫迎春"。腊八那天，人们喝腊八粥健脾胃，吃泡成绿色的腊八蒜。古人还会在这天祭祀祖先和神灵，祈求丰收吉祥。

一个时辰是一个小时吗？

人们阅读《三国演义》《水浒传》《西游记》等古典小说，经常会遇到一个名词"时辰"。有些人认为"时辰"就是现在的一个小时，实际上是不对的。

中国古代以时辰为计时单位，但是一个时辰，跟现在的一个小时完全不同。古人把一昼夜平分为十二段，每段叫一个时辰，也就是现在的两个小时。十二个时辰分别以地支为名称：子、丑、寅、卯、辰、巳、午、未、申、酉、戌、亥，从半夜起算，半夜11点到1点是子时，丑时是半夜1-3点，寅时是半夜3-5点，卯时是早晨5-7点，以此类推。有意思的是，古人认为23点是新的一天的开始，而现在要过24点才是新的一天。

十二时辰制在西周时就已使用，汉代将十二时辰命名为夜半、鸡鸣、平旦、日出、食时、隅中、日中、日昳、晡时、日入、黄昏、人定。宋朝以后把十二时辰中的每个时辰平分为初、正两部分，这样，子初、子正、丑初、丑正……依次下去，恰为二十四个时间段，与现在一天二十四小时一致了。

我国宝贵的中医学也与十二时辰有着密不可分的联系，中医一直讲究养生，认为子时应睡觉以保护阳气，丑时是肝经造血的时间，未时要多喝水保护血管，一天中，巳时（9-11点）、申时（15-17点）和戌时（19-21点）是工作学习的三个黄金时间，大家可以尝试一下，在这几个时间段认真工作、学习，说不定可以达到事半功倍的效果。

公元十三世纪，一个叫维克的德国人发明了机械钟表，并于明朝万历年间传入中国。当时的百姓将中国的传统时辰称为"大时"，西方的钟表称为"小时", 随着钟表的普及, 人们将"大时"逐渐淡忘, 更精确的"小时"沿用至今。

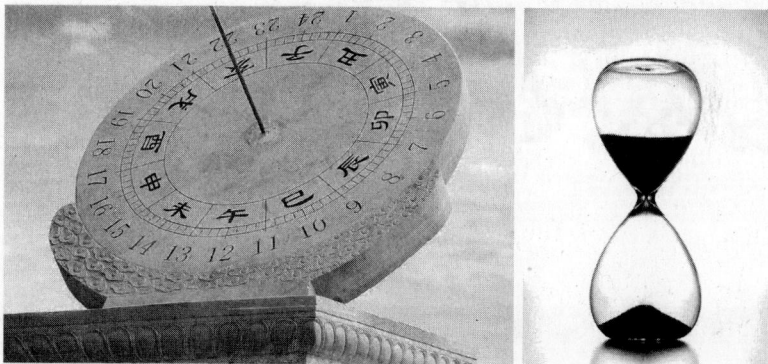

链接 :

沙漏

古代没有钟表, 人们是如何计算时间的呢?

古人最早看日影计算时间, 但很不精确。后来用盘香计算时间, 所以出现了一个名词 : 一炷香功夫。不过, 盘香计算时间不够精准, 后来又出现了更精确的沙漏。

沙漏也叫沙钟, 通过充满了沙子的玻璃球从上面穿过狭窄的管道流入底部玻璃球所需要的时间来计时。根据沙漏大小不同, 不同的沙漏计算的时间长短也不一样, 所以也不是太精确。

我国的沙漏具体出现在什么时候无从考证, 但可以确定的是比西方最早的沙漏 (公元 1100 年) 要早。我国最著名的沙漏是 1360 年由詹希元创制的"五轮沙漏"。

沙漏在计时的时候普遍存在一定误差, 并不是可以与现代计时仪器的精度相比拟的计时仪器, 因此逐渐被取代。现在常常在一些艺术场所可以看到沙漏的样子。

现代·力群　木刻《丰衣足食》

邯郸冬至夜思家　唐·白居易

邯郸驿里逢冬至，抱膝灯前影伴身。
想得家中夜深坐，还应说着远行人。

第五编

姓名称谓

您贵姓?

"您贵姓?"这句话有毛病吗?没有。

"请按姓氏笔画填写"这句话有毛病吗?没有。

可是,我要告诉你,严格地说,这两种说法,以上古时代的标准来看,是不准确的。因为,现在我们大多人说的"姓",除了"姬、姚、姜、嬴"等少数几个姓能够有资格称"姓",其余的诸如"赵钱孙李,周吴郑王"等等几千个"姓"都只能叫"氏"。

中国的姓起源于母系氏族社会,孩子生下来,因为不清楚父亲是谁,所以都随母姓,一开始姓不多,大概就几十个,大多数姓都有个女子偏旁。还有一些动物的姓,也得姓很早,比如熊、龙、牛、马、鹿等,反映了古人的动物崇拜现象。

随着社会的发展,中华民族的历史逐渐进入父系氏族社会时期,很多部落得到发展,离开了原部落,另立门户,这个新的部落就会在姓的基础上,得到一个"氏号",比如轩辕氏(姓姬)、神农氏(姓姜)、伏羲氏(姓风)。

再后来,随着部落越来越扩大,君主将更多的土地分封给儿子,这些分出去的子臣的封地,又多出了很多"氏",比如夏之后封于杞,杞又分出娄、楼、鲍等氏;商封子族于宋,宋又分出戴、微、边、向、宣、牛、皇甫、司徒等"氏"。

春秋战国时期,周朝分封了很多小国,比如陈国、邓国、曹国、唐国,连年战乱中,这些小国往往被大国吞食,亡国后的国民往往取国名为"氏",以志纪念,这又诞生了很多"氏"。

还有很多"氏",来源于职业或者官位。比如张氏,黄帝之孙张挥发明了弓箭,被封为监制弓箭的弓正,弓正,又叫弓长,就得到一个"张"字;再比如史、师、连、钱、司空、司徒、司马等等,都是得"氏"于职业或者职务。

这个时候,"姓"已经渐渐被人遗忘,大家互相都用"氏"称呼对方。秦统一天下后,姓氏合一,怎么称呼都可以。到了西汉,皇帝一看姓氏合一太麻烦,同一个人，有人称姓，有人称氏，还有人有姓无氏，有人有氏无姓，一片混乱，干脆下令全部统一，都只称"姓"，就这样，大量的"氏"变成了"姓"。

所以，回到开头，上古人会这么说："您贵氏？""请按氏姓笔画填写。"只是这么说大家已经不习惯了，那就还是按照传统叫法，约定俗成吧。

链接

中国上古八大姓

中国上古八大姓——姜、姬、姚、嬴、姒、妘、妊、妫都有一个"女"字偏旁，反映的正是古代母系氏族社会的典型特征。

大约距今一万年前，母系氏族实行族外群婚制，子女只知其母，不知其父，母亲成为后裔唯一确认的尊亲，孩子只能随母姓，所以当时的姓，都带有女子旁，如姜、姚、姬、嬴、姒、妫、妊、妘、姞、媿、姺、姑、姐、好、妯、妞、娆等，姜、姚、姬、嬴，都是目前能见到的姓，另外四个我们可能很少听过。

比如姒姓，当年可是天下第一大姓，因为夏朝的国姓就是姒，治水英雄大禹即是姒姓。传说大禹的母亲修己在食用了薏苡（就是薏仁米）后怀孕生下了大禹，所以，大禹完成治水大任时，舜帝就根据薏苡创造了一个全新的姒字，将这个字赐给大禹作姓，以纪念大禹的伟大母亲。

这些大姓祖上都当过皇帝吗?

　　李、王、张、刘、陈姓的读者请注意啦!

　　据统计,当下全国人口占比最大的五个姓氏是李、王、张、刘、陈,其中排名前三的李、王、张分别约占 全国总人口的7.9%、7.4%、7.1%,三大姓氏总人数约3.1亿,相当于1个美国,两个俄罗斯,3个日本,5个英国或法国,10个澳大利亚,30多个瑞士……

　　这些大姓之所以人口众多,一个重要原因就是祖上出过大人物,或者是当过皇帝,或者是王侯将相。

　　李姓作为中国第一大姓,一共出过47位皇帝。其中,杰出代表自然是唐太宗李世民,他是千古以来的明君典范,开创的贞观之治也是中国古代治世的巅峰,大唐威德流传四方,至今海外游子仍以"唐"为荣。这么多李姓皇帝,身边必然有大量的妃子,子嗣繁多那也很正常了。加上唐朝皇帝动不动喜欢赐功臣或少数民族首领姓李,李姓遍天下也就不足为奇了。

　　与李姓相比,王姓的皇帝相对较少,历史上有汉朝篡位的王莽,五代十国时期的闽国君主王审知的儿子王延钧称帝以及公元907年王建称帝,国号大蜀。但是,因为秦朝统一之前,中华大地上遍布着几百个大大小小的诸侯国,也就有着成百上千的诸侯王,被秦国一一荡平时,许多诸侯王改姓王,也就造成了遍地王姓的奇景。

　　张姓虽是大姓,但历史上张姓皇帝并不多,北宋末年的张邦昌算是当过皇帝,虽然是在辽国的威逼下做了32天的傀儡皇帝——大楚皇帝。和李自成一起造反的张献忠,在四川成都做了大西政权的皇帝。

　　刘姓这个超级大姓,当然是因为汉王朝是刘家天下,汉高祖刘邦、汉武帝刘彻、汉光武帝刘秀,都是赫赫有名的英主。

　　至于陈姓,虽然没有出过几个皇帝,但却出过发源于江西省德安县车桥镇的义门陈氏，被称"天下第一家族"。义门陈的事迹，我们在下一篇中会详细介绍。

下左图：汉高祖刘邦；
下右图：玉皇大帝。

链接

玉皇大帝其实姓张

张姓虽然没有出过太多皇帝，但依然人口众多，怎么回事？戏说一下，是因为主管仙界和人间、主管一切的玉皇大帝姓张。

传说很久以前，有一个叫光严妙乐的国家，国王老来无子，于是邀请僧人做法事，半年后，皇后梦见佛祖和其他神仙抱着一个婴儿从天而降，醒来就有了身孕，产下孩子取名张坚。这孩子出生就特别有灵性，经过一亿三千二百劫的修持，最终成为玉帝。

民间另有一个传说，当年太白金星奉敕命，下凡寻找能当玉帝的人。他来到一个叫张家湾的地方，看到寨主张友仁为人和善，水平很高，民望很隆，便将他带回天庭，当上了玉帝。

正因为玉皇大帝姓张，张姓子孙众多也就是必然的了。

家谱凝结的中华血缘

前些天，湖北十堰一户李姓户主翻阅平时不太注意的家谱，翻着翻着，突然翻到了"李世民"三个字，一阵激动，又请来专家勘验，果然，他是唐太宗李世民的直系子孙。

家谱是很多中国家庭的宝贵遗产，一般家谱都记录了上千年家史，保存完好。通过家谱，每个人可以清晰地了解这些问题——你是谁？你从哪里来？

以家族为中心，以血缘分别亲疏，是中国传统文化的核心价值之一，是中华民族最重要的信仰。

中华民族自古有着强烈的聚居意识，同姓家族的成员往往长时间住在一起，数代同居，团结和谐，形成庞大的家族，拥有珍贵的家训、家规。

其中最著名的，就是江西德安的陈氏家族，因唐僖宗御笔亲赠"义门陈氏"匾额而获"义门陈"的荣誉称号，天下闻名。

德安义门陈氏，从唐朝建庄开始，聚族同居330余年，到北宋嘉裕七年（公元1062年），陈氏家族人口已达3900余人，历经15代，共同劳动，平均分配，同炊共食，和谐共处。义门陈氏成为世界上人口最多、规模最大的家庭，宋朝大臣裴愈有感于此，题写了"天下第一家"匾额。公元1062年，宋仁宗下诏亲劝陈氏分家。当年7月至第二年3月，陈氏数千人洒泪而别，按派分为大小291庄，分迁到全国72个州郡（今天的144个县）。从此，义门陈在全国各地繁衍开花，哺育了众多知名人物，光说近现代史，陈独秀、陈毅、陈赓、陈果夫、陈立夫、陈寅恪等，都是义门陈的直系后裔。

官方下令义门陈迁徙，是因为家族过于庞大，当地资源已经无法容纳那么多人口。官方还曾因为战乱等原因，主导过历史上的多次人口迁徙，比如山西洪洞县大槐树，江西鄱阳瓦屑坝等，都主导了明初全国性的大移民。"江西填湖广，湖广填四川"运动中，今天的湖南、湖北、四川、贵州、云南一带，有一半左右的家庭是江西移民。另外，因为生计原因造成的人口迁徙次数也很频繁，比如山东人闯关东，山西人走西口等。不管走到哪里，这些家庭都会将家谱珍重地藏好，因为他们知道，这是自己的血脉，是自己的根。

下左图：洪洞大槐树寻根祭祖图；
下右图：德安义门陈的宋太宗御赐联。

链接

《百家姓》是一部奇书

"赵钱孙李，周吴郑王；冯陈褚卫，蒋沈韩杨……"

这就是著名的《百家姓》，古时每一个学童发蒙时都要背的课文，与《三字经》《千字文》合称为传统启蒙教材的"三百千"。

《百家姓》编于宋代，作者不详，选取了500多个常见姓氏编为四言韵文，讲究押韵，读来朗朗上口，自宋以来，被当作儿童识字的课本。因此书作者为宋人，为了尊重皇帝赵家姓氏，所以以"赵"姓居首，吴越王钱镠的"钱"姓行二，从这点看，编撰这部著名读物的作者应是前吴越国的一位知识分子。

《百家姓》全文568个字，收集了440个单姓，61个复姓，一共501个姓氏，对后世的影响非常大，堪称中华文化史上的一部奇书。

除了宋代《百家姓》，后来明朝也编了《百家姓》，第一个姓就是皇帝老儿的"朱"；清朝康熙年间也编了《御制百家姓》，因为康熙尊重汉人儒学，前两个姓是"孔、孟"。

辈分字的玄妙

　　很多人的名字是三个字，第一个字是姓，第三个字一般表示父母的美好希望，第二个字在同一个家族中有很多人相同。这第二个字，就是自己的辈分。比如我的很多朋友中，就是这样的名字，徐高庆，李立山，刘守邦等等。很多明星的名字，也是这样，比如刘德华，张学友，吴彦祖。

　　辈分字是老祖宗多年来传下的，甚至从几百年前就定好了字序。拿中国第一大姓"李"姓来说，自从唐李开国之后，李家就把"陇西堂"作为统一的李姓的堂号，之后，繁衍到各地的李氏先祖，迁到一个地方，始祖就会取十多个甚至几十个辈分字，以后世世代代按照这个辈分字取名字，比如四川高县李姓辈分字：汉朝宗祖贵义，必荣子思文廷，12个字；这个算是短的，比如江西瑞昌李姓辈分字：龙殿腾飞，屏翰洪广，俊美英奇，声名显达，简策昭垂，宽怀功厚，猛勇雄威，书谟典训，忠孝友魁，人文蔚起，世第永辉，44个字；还有更长的，比如湖北钟祥李姓辈分字：天大师文振，世继道德开，国正中梁在，仁义传万代，时光如金贵，珍惜百益来，学海书必克，锦辉任重远，地方保平安，家庭应相爱，四庆清洁春，幸福井泉水，利剑守政权，军威定乾坤，立志孝先祖，创业建奇功，人康思想美，昌盛树新风，善良多朋友，兴望玉石明，和生富裕财，瑞雪兆丰年，登高观日月，吉祥彩云飞。100多个字。

　　辈分字是中国家族文化中非常独特、也非常奇妙的传统，不同于世界任何一个民族，家族、血亲融合的功能非常强，这也是中华民族生生不息、人丁兴旺，屹立于世界民族之林的一个绝活。

　　辈分字还有一个特点，就是一般传男不传女，开头说到的那些名字，都是男孩子的名字。不过，也有少数家长，出于对自己女儿美好的祝愿，以及将祖先的血脉更广泛地传承的目的，也会为女孩子取一个辈分字。

　　不光是家族血亲会用辈分字，就是不同家族的人在一个民间组织中，也常常会用到辈分字。比如很多人熟悉的德云社，郭德纲以下，按照"云鹤九霄，龙腾四海"辈分收徒，这种做法，一方面很容易分辨出入门先后的时间，另一方面，更可以加强德云社队员之间的情感联系。

下左图：家谱中的字辈；

下右图：孔子讲学图，在儒家文化中师生辈分极其重要。

链接

孔孟颜曾同辈分

中国的辈分排字，有一个很大的例外，就是孔孟颜曾四个姓，辈分完全一模一样，普天之下，这四个姓只有一个家谱，号称"通天谱"。

这四家的祖先，要分别追溯到孔丘，孟轲，曾参，颜回这四大圣贤，

因孟子、曾子和颜子都是孔子的弟子，并将孔子的思想发扬光大，世人一般将他们看作一家，所以，1722年，清朝康熙皇帝御准此三姓与孔家通用辈分字，并御赐"希言公彦承，弘闻贞尚衍，兴毓传继广，昭宪庆繁祥"4句20个辈分。此后，孔、孟、颜、曾四姓辈分全国统一。

现在，这四姓子孙繁衍生息，遍布国内国外，异地相逢，只要一提名字，便知是哪一辈，就可以按辈分称呼。通天家谱不仅成为家族血缘关系的纽带，更成为中华民族绵延不息，传统文化源远流长的象征。

如果我姓李，又是陇西堂

中国民间乡村存有许多祠堂，这些古色古香的建筑厅堂门上往往挂着一块牌匾，上书"南阳堂""爱莲堂""百忍堂""细柳堂"……

这就是中国人所说的堂号。堂号，也叫家号，是氏族门户的代称。堂号的命名大都有自己的典故，或为缅怀先祖，或为激励斗志。

中国第一大姓——李姓的堂名就有很多，如青莲堂、太白堂、玉树堂、延平堂、陇西堂等。其中，以"陇西堂"最为著名。

陇西李氏从李崇居住在甘肃陇西开始，世代为官，其孙李信曾任秦国大将军，封陇西侯，李信的后人"飞将军"李广和他的儿子李椒、李敢，孙子李陵都是西汉将军。到了十六国时，李广的16世孙李暠建立了西凉国。李暠的16世孙就是李渊。公元618年，李渊建立了唐朝。

于是，唐朝成为陇西李氏大发展的时间节点。修《氏族志》时，李唐王朝以李姓为天下姓氏之冠，并诏令天下李姓皆以陇西为"郡望"，并对受封归降的显赫之士广赐李姓，甚至有许多少数民族的首领和大将，都被赐予李姓，虽然李姓的血统从此不那么纯正，"陇西堂"的堂号下集结的不一定是真正陇西李氏的子孙，但是李氏家族从此空前庞大，并且因为血缘交融，造就了中华民族史上的第一次大融合，中华民族进一步走向繁荣和壮大。

而今，"陇西堂"已成为天下李姓的宗族祠堂，神州遍地"陇西堂"，甚至出现了一种"陇西文化"现象。20世纪90年代初，为纪念"天下李氏出陇西"，李氏后人在陇西县修建了陇西堂，大殿正门高悬"陇西堂"三字巨匾，还有"龙兆贞观世，宫扬大舜风"，"五千言道德一经鹿洞流芳龙门缵绪；十八子公侯万代柳袍常染蓉镜长开"等对联，引得海内外李氏寻根问祖，追思先人。

链接

堂号里的骄傲

　　纵观中国的姓氏堂号，每一个堂号都是有典故和来历的。

　　赵姓有"半部堂"，出自宋朝开国宰相"半部《论语》治天下"的典故；刘姓有"明德堂"，乃因刘邦明德治天下之史传；周姓有"爱莲堂"，源于周敦颐名篇《爱莲说》；王姓有"三槐堂"，出自"王祐植三槐，自知子必贵"之典；杨姓有"四知堂"，出自"杨震举王密，不受四知金"之典；韩姓有"昼锦堂"，因北宋名将韩琦以项羽"富贵不归故乡，如锦衣夜行"的炫耀之词为教训。

　　其他诸如张姓"百忍堂"，邓姓"南阳堂"，陈姓"三益堂"，鲁姓"三异堂"，郑姓"玉麟堂"，丁姓"御书堂"，冯姓"善德堂"，颜姓"福圣堂"，钱姓"射潮堂"，高姓"聚庆堂"，贾姓"积善堂"，毛姓"保德堂"，周姓"细柳堂"等，各有其典故。

　　堂号源远流长，出之有典，代代相传，不可擅改，是各同姓氏族编纂家谱的主要依据。

陆游　务观　放翁

　　如果没有"姓名学"常识，可能有人会认为陆游、务观、放翁是不同的三个人，实际上，这三个称呼同属于一人——陆游，南宋爱国诗人，姓陆，名游，字务观，号放翁。

　　古人除了有名以外，一般还有字，名和字往往有一定的联系，"字"可能是对"名"的解释和补充，有些表示同义关系，比如屈原名平，字原，"原"即"广阔平坦"的意思，诸葛亮字孔明，也就是很明亮的意思，岳飞字鹏举，大鹏展翅，也就是飞的意思；有些表示反义关系，如宋代理学家朱熹，字元晦，元代书画家赵孟頫，字子昂，清代散文家管同，字异之，其中"熹"与"晦"、"頫（俯）"与"昂"、"同"与"异"，都是意义相反的字；还有一些则是引经据典，例如《易经》有"鸿渐于陆，其羽可用为仪"一句，唐代《茶经》的作者陆羽，字鸿渐，这名（羽）与字（鸿渐）的典故都来自《易经》。

　　有时候，古人取字时还会在前面加伯（孟）、仲、叔、季表示排行，如孔丘排行老二，所以字仲尼，类似的还有王充字仲任，曹操字孟德，嵇康字叔夜，陈子昂字伯玉……此外，古代男子还喜欢在字的前面加个"子"字，这是因为"子"是对古代男子的尊称，如司马迁字子长，曹植字子建，杜甫字子美，伍员字子胥，赵云字子龙……

　　"号"则是指称号，即人的别称。古人的名和字大都由长辈所取，号则大都由自己取或者他人赠予，不受家族、行辈的制约。号都含有一定的寓意，李白因自幼生活在四川青莲乡，故自号"青莲居士"；欧阳修晚年生活的写照是"一万卷书，一千卷古金石文，一张琴，一局棋，一壶酒，一老翁"，故自号"六一居士"；宋代贺铸因写了"一川烟柳、梅子黄时雨"的好词句，人称贺梅子；张先因写了"云破月来花弄影""浮萍断处见山影""隔墙送过秋千影"三句带"影"字的好诗，人称"张三影"……

姓名字号之于人，不仅与生命同在，而且通常延续身后几十年几百年乃至几千年，不受时间、地域的限制，在人们品读经典之时，常常被唤醒。

链接

人名谐音联

对联是中国传统文化的精髓，古人常喜欢饮酒作对，蔚为风雅。其中的人名谐音联具有语义双关、幽默诙谐之妙，玩味其中，情趣无穷。

从前，成都某酒楼门口挂着一副人名谐音联：

贾岛醉时非假倒；

刘伶饮尽不留零。

贾岛是晚唐诗人，平生喜饮；刘伶乃魏晋"竹林七贤"之一，也是酒仙。这副谐音联语意夸张，渲染酒劲之大和美酒之美，连海量的贾岛喝了也醉卧不起，而文雅的刘伶在举杯之后，也饮了个底朝天。

还有一个很好的人名对子。晚清重臣张之洞一次和几个朋友饮酒聚会，张之洞出了个上联"陶然亭"，要求朋友对下联，否则罚酒。朋友想了一下，呵呵一笑，一指张之洞，张之洞先是愕然，立刻恍然：原来朋友对的下联就是我张之洞这个名字啊，"张"对"陶"，"之"对"然"，"洞"对"亭"，天衣无缝，实在是佳对！

古代的"太公"，其实指父亲

《三国演义》中描写过袁绍三位勇猛、帅气的儿子：袁谭、袁熙、袁尚。《后汉书》记载袁谭、袁尚兄弟相攻，刘表写信劝谏袁谭："孤与太公志同愿等，勠力乃心，共奖王室，此孤与太公无二之所致也……"这里的"太公"指谁呢？按照现代人的理解，是指袁尚的爷爷，可是，袁尚的爷爷是谁书中没有交代啊。原来，这个"太公"指的正是袁谭、袁尚的父亲袁绍。可见，"太公"在古代不仅用于称呼自己的祖父，也用于称呼父亲。

与公相似的"爷"字，在古代也可作为对父亲的称呼。汉代尚无"爷"字，从魏晋开始，称父亲为"耶"，此后改作"爷"。著名的《木兰诗》中，就有"军书十二卷，卷卷有爷名"之句，杜甫《北征》中有"见爷仰面啼"，从这些诗句可见当时称呼父亲为"爷"是普遍的。更奇的是，不仅"爷"用来称呼父亲，"爷爷"也是父亲的代称。如《西游记》第九十七回："两个儿子一发慌了，不住的叩头垂泪，只叫'爷爷'。"直到今天，某些方言中仍称父亲为爷呢。

古代的称谓丰富多彩，甚至有一种对父亲的称谓和一种植物有关——"椿庭"。"椿庭"，就是长寿的香椿树，被后人借代为长寿老人。当年孔子生下一个独子孔鲤，孔鲤虽悟性不高但胸襟宽广，和孔子的弟子们一起学习。有一个叫陈亢的弟子，两次看见老师和独子在庭院里单独讲话，以为是老师在给独子开小灶呢，于是，遇到孔鲤时就直接说了自己的疑惑。孔鲤说，自己第一次经过庭院的时候，父亲问自己有没有读过《诗经》；第二次是父亲问自己有没有读过《礼记》。两次都是交代自己要好好读书。孔鲤"趋庭而过"接受父亲教诲的事流传开去，人们就以"庭"代父，表达对父亲的尊敬之意，后来，又加上长寿的

"椿"字与"庭"合用，作为父亲的代称。

古代的称谓经常发生变动，比如"千金"这个说法，现在指女孩子，而在元朝以前，"千金"指的是男孩子。

左图：周代名臣吕尚，也就是"姜太公"；下左图：孔子之子孔鲤；下右图：剪纸中的古代拜堂习俗。

链接

结婚拜父母为何叫"拜高堂"

"一拜天地，二拜高堂，夫妻对拜！"古人结婚时，父母高坐正中，然后司仪高喊这几句话，中国人耳熟能详。为什么要把拜父母说成"拜高堂"呢？

"高堂"的"堂"，指的是内堂，是父母的居所。古人至孝，每天要到父母的居处问安，问候尊长的起居。"高"字有两种解释，一种是要在高大的厅堂里拜见父母；另一种认为表示尊敬之意。"高堂"本指一个处所，显示父母之尊，渐渐地引申为父母的代称了。

单独一个"堂"字，经常被引申为母亲的代称。比如"内堂"，有时就专门指代母亲；称呼对方母亲，说"令堂"；还有一种文雅的称呼"萱堂"，也是对母亲的敬称。

你爱说的"老公""老婆"其实不好听

　　某天，一位幼儿园老师问一小朋友："你爸爸叫什么？"孩子回答："老公！"
"那你妈妈叫什么？""老婆！"

　　现代生活中，"老公""老婆"总是成对出现，已然成了夫妻间的亲昵称呼。
很多年轻的情侣也爱把男朋友、女朋友称为"老公""老婆"，情意绵绵，甜甜蜜
蜜。但是，请你在张口之前，千万要慎思哦！因为"老公""老婆"的称呼一开始
并不好听。

　　唐朝有个叫麦爱新的读书人，考中功名后，便产生了嫌弃老妻、再娶新欢的
想法，但又不好意思直接对妻子说。于是，一天晚上他写了一副上联放在床头：
"荷败莲残，落叶归根成老藕。"妻子睡觉时看到上联，觉察丈夫有了抛弃自己
的念头，很伤心。但是，她还是很想挽回这份感情，提笔续写了下联："禾黄稻
熟，吹糠见米现新粮。"

　　第二天，麦爱新读了妻子的下联，顿时想起妻子对自己的悉心照顾，自己能
有今天的成就，离不开妻子的功劳，同时又被妻子的敏捷才思和温柔爱心所打
动，于是，他放弃了纳新的念头。妻子见丈夫回心转意，很高兴，挥笔写道："老
公十分公道。"麦爱新想了想，续写下联："老婆一片婆心。"这个带有教育意义
的故事很快流传开来，世代传为佳话。从此，汉语中就有了"老公""老婆"这两
个词，民间也有了夫妻间互称"老公"和"老婆"的习俗。

　　由此可见，古代"老婆"指的是年老的妇女，现代女孩子，都爱年轻漂亮，
谁愿意说自己年老色衰？所以，这个"老婆"绝对不好听。那么，"老公"这个词
为什么也不好听呢？因为，《现代汉语词典》载，当"公"读作轻声时，"老公"表
示太监的意思，只有将"公"读作平声时，"老公"才表示丈夫的意思。

　　"老公"这个词怎么就和太监联系在一起了呢？很简单，古代的太监又称
"公公"，"老公"的"公"字发轻声，便成了太监的称呼。

哈哈，看来以后开口叫"老公""老婆"的时候，还真得慎重哦！

下左图：举案齐眉；
下右图：科举放榜登科日。

链接

"新郎官"到！

今天，人们称新婚的男子为"新郎"。其实，"新郎"这个词一开始并不是用来称呼新婚男子的。

"郎"之称，从汉朝时就有，当时，中央官署里侍从官通称为"郎"，也就是官名。唐朝对六品以下的官员通称为"郎"。在官贵民贱的封建社会，百姓尊称这些"郎"为"郎官"或"郎君"。

自从唐朝开科取士，凡中进士之人就具备了做官资格，他们被分到中央官署任校书郎、秘书郎等"郎"职。所以，人们称呼新科进士为"新郎官"。

古代，男子娶妻有"小登科"的美称，故人们都喜欢借用"新郎官"这一对进士的称呼来赞美娶妻的男子。随着历史的变迁，"新郎"便从"新郎官"中逐步简化出来，并且成为新婚男士的专用名称了。

古人繁多的称呼方式

　　有一个段子：给老外上汉语课，第一堂课只教了"妻子"的中文解释 1.妻子；2.老婆；3.太太；4.夫人；5.老伴；6.爱人；7.内人；8.媳妇；9.内子；10.拙荆……一共38个。老外问：为什么女人有这么多称谓？老师说：因为女人有三八节，就要有38个称谓。老外知道中文太难学了，果断背起行李回国了。

　　的确，中华文明博大精深，光是古人的称呼就是千变万化，甚至会弄得你晕头转向。北宋诗评家黄彻读《左传》时候，就因书中人名变化的繁杂而感慨："千变万状，有一人称目至数次异者：族氏、名字、爵邑、号谥，皆密布其中"。

　　请看以下几个大家耳熟能详的人物：

　　周代姜尚，又叫吕尚、姜牙、姜子牙、姜太公、太公望、吕渭；

　　晋代大诗人陶潜，又叫陶渊明、陶元亮，陶彭泽、靖节征士、五柳先生；

　　唐代大诗人杜甫，又叫杜子美、杜陵、杜少陵、少陵野老、杜拾遗、杜二拾遗、杜工部、老杜；

　　这几位的称谓还算少的，苏轼一生中使用过的称呼有好几十个：苏轼、苏子平、大苏、二苏、眉山公、苏眉州、峨眉先生、东坡老人、坡公、西湖长、白发兄、香案吏、玉堂仙、老泉山人……

　　同一位古人，这么多的称谓，我们在阅读古文时极易犯张冠李戴的错误。所以，了解姓氏称谓的知识，对于帮助我们读懂古文至关重要。

　　一个人多种称呼，不仅古人如此，现在也差不多。例如，一位女性教师，虽然户口登记簿上只有一个"姓名"，可是小时候有"小名"，发表文章时可能有"笔名"，平时，学生都叫她"老师"，如果按职称又可以叫她"教授"，按行政职务还可以叫"校长"，如果她再参加几个学术组织，又少不了"副会长""理事"等称呼，如果出席人大会，还会有"代表""常委"等名称，在家里，丈夫称她为"爱人"，孩子称她为"妈妈"，父母可能仍叫她"妞儿""老大"，亲属可能叫她

"姐""妹""姑""姨"，如果老同学会面，可能还会叫她当年的绰号"二傻子"……

下图：王羲之与兰亭集序。

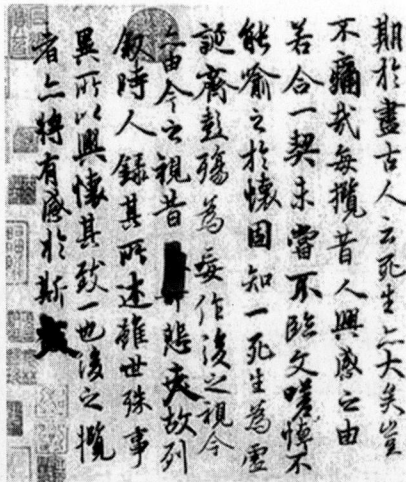

链接

"东床快婿"王羲之

在我国古代，对女婿的称谓也很多，比如"金龟婿""乘龙快婿"，还有个特别的称呼——"东床快婿"，这和大书法家王羲之有关。

据说幼年的王羲之性格耿直，不善言辞。太尉郗鉴听说丞相王导家子弟颇多，个个才貌俱佳，就想给自己年方二八的女儿择婿。

于是，征得王导同意后，他就派自家的管家先去看个大概。王府的子弟一听是郗太尉派人来觅婿，都把自己仔细打扮一番出来相见。管家觉得王府的青年才俊个个都好，来到东跨院书房，只见靠墙的床上有一个袒腹仰卧的青年人，好像对选婿这件事毫不在意。

管家回去告诉郗鉴，说到这个袒腹仰卧于东床的年轻人时，郗鉴不禁拍手道："真有此事？好一个胸襟豁达之人，就是他了。"

这个年轻人正是王羲之，后来做了郗鉴的女婿，还成了大名鼎鼎的书圣。从此"东床快婿"就流传开了。

谦称和敬称

从前有个知县喜欢巴结上司。一天，知府到他县里巡视，宴会上，知县一边劝酒，一边套近乎："大人几位公子呀？"知府伸出两个指头："两个犬子。"说完反问知县："贵县令郎几位呀？"这下把知县问傻眼了。知县心想："知府大人称儿子为犬子，我该怎么称呼儿子呢？"想了好半天，他毕恭毕敬回答："回大人，卑职只有一个5岁的王八羔子！"

这个知县本想使用谦称表达对知府的敬意，结果却出口一句骂儿子也骂自己的话，真让人忍俊不禁。

汉语中有许多谦称和敬称。谦称是在他人面前谦虚地称呼自己；敬称，则是表示尊敬他人的称呼。合理使用谦称和敬称体现了一个人的文化修养。

民间流传着一首谦辞敬语歌：

尊称帝王曰"陛下"，作为人臣称"下官"；

称人之父为"令尊"，称己之父为"家君"；

称人之妻为"夫人"，称己之妻为"拙荆"；

称友人家均加"令"，"舍""家"用于自家人；

"泰水"用来称岳母，"泰山"用以称丈人；

顾客到店称"惠顾"，朋友来家曰"惠临"；

人送物我称"惠赠"，送物与人称"惠存"；

朋友喜事称"恭贺"，邀友做客曰"恭请"；

施爱于我称"垂爱"，看重于我称"垂青"；

请人任职称"屈就"，降低身份曰"屈尊"；

别人好心称"雅意"，别人修改称"雅正"；

"仁兄贤弟"称别人，"愚兄愚弟"称自身；

称人疾病为"贵恙"，来客登门称"贵宾"；

问人任职曰"高就"，老者年龄曰"高寿"；

赞人看法称"高见"，赞人学生曰"高足"；

称指对方为"大驾"，称其书信为"大礼"；

父母可以曰"高堂"，老人故去称"登仙"。

放弃爱物称"割爱"，人赠我物曰"珍藏"。

下图：谦辞和敬辞。

久违 指教
眼拙 包涵
失敬 芳驾
借光 久仰
失陪 高寿
冒昧 拙见
光临 赐教
失迎 留步

链接

趣读"避讳"

阅读古书时，常见一个人的名或姓突然改变，比如清朝雍正以前，是没有"邱"这个姓的，因为清朝统治者特别尊重孔子，为了避"孔丘"名讳，下令"丘"字都要改，所以很多姓"丘"的人只好改成姓"邱"。

古代避讳的规矩很多，大致分为国讳，家讳，圣讳三种，很多姓氏、书名、官名、地名的由来，都与避讳有关。如汉文帝名刘恒，把"恒山"改为"常山"；汉光武帝名刘秀，便把"秀才"改称"茂才"；汉明帝名刘庄，便把《庄子》一书改称《严子》，从此，凡是姓"庄"的一律都改姓"严"；唐朝初年，政府为避讳"李世民"，将"民部"改为"户部"。

有些避讳更是令人匪夷所思。北宋诗人徐积，由于父亲名"石"，他一生不仅不用石器，而且绝不脚踩"石"上。袁世凯帝制复辟以后，将"元宵"改成了"汤圆"，因为"元宵"与"袁消"谐音。

北宋·赵佶 《听琴图》

约客 南宋·赵师秀

黄梅时节家家雨，青草池塘处处蛙。
有约不来过夜半，闲敲棋子落灯花。

第六编

民俗饮食

从抛绣球到抛花

在古装电视剧中,我们经常会看到这样的场景:一个未婚姑娘在阁楼上对着楼下聚集的未婚年轻男子们抛绣球,接住绣球的就有成为这个姑娘夫婿的资格。这种方式在古代除了比武招亲之外,就是最为流行的征婚方式了。

抛绣球原本是壮族群众的习俗。绣球最初也并不具备浪漫色彩,而是一种用青铜铸制的古兵器"飞砣",多在狩猎和战争中使用。后来,壮族群众将飞砣改制成绣花布囊,用来互相抛接,作为一种娱乐活动。对此,一位叫朱辅的文人在《溪蛮丛笑》中写道:"土俗岁极日,野外男女分两朋,各以五色彩囊、豆粟往来抛接,名飞砣。"到了宋代,抛绣球逐渐演变成男女青年传情达意的方式,《岭外代答》就如此表述:"男女目成,则女爱砣而男婚已定"。

抛绣球怎么变成汉族婚俗的呢?《诗经·卫风·木瓜》载:"投我以木瓜,报之以琼琚(玉佩)。匪报也,永以为好也。"喜欢一个人,就投给他木瓜。如果对方也有意,就回报以琼琚,以此定情。古代还有一位美男子潘安(潘岳),《晋书·潘岳传》说他"少时,常挟弹出洛阳道,妇人遇之者,皆连手萦绕,投之以果,遂满车而归。"美男子潘安走在大街上,好多女子喜欢他,然后"投之以果",果多到他能满车而归。这种投之以瓜果来示爱的方式,和壮族抛绣球习俗一结合,就演变成了一种独特的婚俗——抛绣球。这里面多少有点封建迷信中姻缘天定的意味。

今天,抛绣球作为征婚方式,只存在于一些风俗表演中。1982年,第一届全国少数民族体育运动会上,抛绣球就被安排了专场表演,引起了轰动。此后,每一届全国少数民族体育运动会都有此项表演。

在今天的婚俗中,与抛绣球比较接近的当属抛花。有观点认为,西方抛花这种行为就是源自中国古代的抛绣球,但并无确凿依据。抛花一般是由新娘手捧花束,背对女宾,然后抛出,接到花束的人据说会交上桃花

运。与抛绣球定终身相比，这更多是一种美好的
祝福。

下左图：绣球。
下右图：盖头。

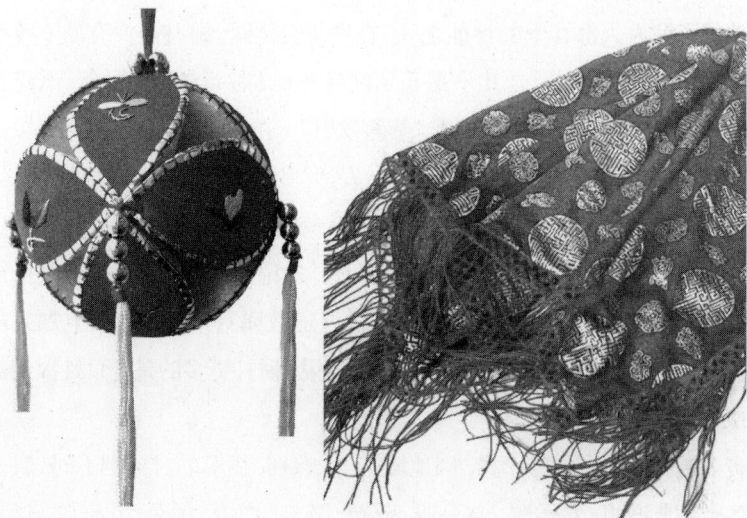

链接

掀起你的盖头来

　　新疆民歌《掀起你的盖头来》流传很广，这个"盖
头"是汉族百姓非常重要的婚俗元素。

　　古人举行婚礼时，新娘头上一般会蒙着一块大红方
巾，称为红盖头，这块红盖头只能在入洞房时由新郎揭
开。盖头最早出现在南北朝，妇女用来避风御寒之用。
唐朝逐渐演变成一种装饰，用来遮羞。传说唐明皇李隆
基要求宫女用"透额罗"罩头，也就是用一种薄纱遮住
面额。后来，这种装饰在民间演变为红色的盖头，并成
为婚礼中新娘不可缺少的装饰。

　　时至今日，各地已不断移风易俗，但红盖头这种风
俗仍在沿用。而且新郎掀开新娘的红盖头一般要用秤
杆，寓意"称心如意"。

人人都喜爱的财神爷

财神爷可谓人人都喜爱的神仙之一。在中华文化圈，财神是少有的一尊与宗教信仰关联不大的神，而且几乎覆盖了世界各地、各行各业。如今，不仅正月初五这天要迎财神，大家见面互道"恭喜发财"，在日常生活中很多家庭、商铺、企业，也喜爱供奉财神，以期招财进宝，表达"财源滚滚来"的美好企盼。

但若问及财神到底是谁，估计很多人也是一头雾水。

财神，顾名思义就是主管世间财源的神明。理论上来说，财神主要分为两大类：一种是道教赐封，另一种是民间信仰。但道教赐封只是在官职上加封神明，一般意义上的财神多出自民间信仰。也就是说，财神更多的是老百姓渴望富裕生活的一种精神寄托。

事实上财神并不单指某个神，因地域、行业有别，供奉的对象也不同。目前常见的财神有李诡祖、端木赐、赵公明、范蠡、王亥、白圭、关公、比干等。这其中，民间财神中可以坐头把交椅的当属李诡祖，古代传统年画上的财神像基本上都是他，清代和民国时有些钞票上的财神像也是他。

李诡祖本是南北朝的一个县令，因仁德厚道，广受爱戴，去世后受到百姓立祠纪念和皇帝册封，逐渐成为知名度颇高的财神。财神像中，李诡祖经常与福、禄、寿三星和喜神列在一起，合起来为福、禄、寿、喜、财。李诡祖头戴朝冠，身穿红袍，一手执如意，一手执元宝或聚宝盆，写着"招财进宝"四个字。这个形象已经定格为人们心中的财神模样，一直延续到今天。

但正如前面所说，各行各业对财神的供奉也是大不相同的。比如，商铺中多供奉关公关二爷，这是因为关羽忠贞不贰，诚信为上，不为钱财所动，所以被商家选作守护神；儒商供奉端木赐也就是孔子的得意门生子贡，是因为子贡有"君子爱财，取之有道"之风；浙商推崇陶朱公范蠡，因为范蠡不仅是杰出的政治家，同时也是一位生财有道的大商人，被后人尊称为"商圣"；徽商推管仲为鼻祖；晋商推崇白圭。

　　财神佑护，不过是人们心中的美好愿望，要想真正发家致富，靠的还是自己智慧的头脑和勤劳的双手。

链接

马王爷为什么有三只眼

　　民间有句俗话："不给你点厉害，你就不知道马王爷三只眼。"暗示自己是有些能耐的。马王爷到底是何方神圣呢？

　　马王爷，即华光大帝，《南游记》中说他的名字叫作"三眼华光"，是道教护法四圣之一，在北方五圣庙中，马王爷被尊为五神之首。传说马王爷有三只眼，这大概是中国神仙中，除了二郎神杨戬之外，最有名的三只眼了。这三只眼也是大有来历的。

　　相传当年玉皇大帝派马王爷等四神下凡巡察善恶，四神各走一方，然后返回天庭向玉皇大帝述职。其他三神所报均是善人善事，唯有马王爷所报善恶之事都有。玉帝有所怀疑，就派太白金星下凡复查，才得知只有马王爷说了真话。玉皇大帝便特意赐给马王爷一只竖着长的眼睛，专门从事类似于"纪检"的工作。自此，天上凡间都知道马王爷的三只眼不是好惹的。

相声是绝对草根的民间艺术

郭德纲、岳云鹏，绝对的草根明星，21世纪的相声持续繁盛，"德云社"功不可没。比起马三立、马季、姜昆、冯巩等主要依靠电台、电视传播途径，今天相声的传播渠道遍地开花，带给了老百姓许多欢笑。其实，这算是回归了相声的本真——绝对草根的民间艺术。

相声界的祖师爷，一般被认为是晚清时期艺名"穷不怕"的朱绍文。朱绍文幼年学唱京剧，跟着戏班子演出。清同治初年，由于连年国丧，朝廷禁止戏园开演，致使许多戏曲艺人被迫改行。朱绍文沦为街头艺人，到天桥等处给观众唱小曲、说笑话糊口。

朱绍文随身带的道具很简单，只有一把笤帚、两块竹板和一口袋白沙石的细粉面。竹板上刻有"满腹文章穷不怕，五车史书落地贫"两行字。演出时，朱绍文找一个人多处，用白沙画一大圆圈，然后单膝点地，右手用拇指和食指捏白沙撒字，左手用小竹板击节，边撒边唱。他撒的字有单个儿的，有三五个字连在一起的，还有对联、诗词等，有时也撒出一丈二长的"福""寿""虎"等双钩大字。偶尔在大字之下再撒小字，有"招财进宝""日进斗金""赵钱孙李""宇宙洪荒"等。字撒完后，或拆笔画，或释音义，或引古人，或涉时事，结果必接个硬包袱儿，令人拍案叫绝。有时边撒字边唱，还带讲解。这就是单口相声最早的演出形式。

后来，他收了徒弟贫有本、穷有根等，常常带着徒弟共同表演一个笑话，这样又逐渐地创造了对口相声和群口相声。朱绍文因为在天桥的演出颇受欢迎，而被列为"天桥八大怪"之首，可以说是当时的草根大腕了。

在相声界，朱绍文之前虽有张三禄，但朱绍文的成就、声望更为突出，因此被相声界约定俗成地认为是"开山祖"。因为从朱绍文这一代开始，行业上才有说相声这一行，以及师徒关系和相声宗谱。

相声创立初期，朱绍文与阿彦涛、沈春和齐名，三人在北京各立门户，后代相声演员几乎都分属于这三大流派。

下图：相声大师马三立（左）。

链接

评书的魅力

小时候中午 12 点半听广播评书《岳飞传》，是我一天里最高兴的事，我的情绪跟着故事情节忽高忽低，这种生命力很强的民间艺术抓住了许多听众的心。

评书，是流行于我国北方地区的一种曲艺形式，起源于东周时期的周庄王，一直到北宋的说话和明末清初柳敬亭的说书，但都是边说边唱。晚清光绪年间，说唱传入宫中，因不便于唱歌，便改成了单纯说话的"评说"，后又改为评书，并于民国年间大流行。

评书的表演形式很简单，一个人穿着大褂，站在桌子后面，手中的折扇和桌上的醒木都是道具，以精彩的故事内容取胜。新中国成立后，随着社会地位的提高，和收音机的普及，评书艺术得到极大的发展，刘兰芳、单田芳、袁阔成、田连元等评书大师先后演出的《岳飞传》《杨家将》《隋唐演义》《三侠五义》等节目，是家喻户晓的佳品，极大地丰富了人民群众的文娱生活。

贴春联，多么喜气的事儿

　　每逢过年，中国家家户户"千门万户曈曈日，总把新桃换旧符"。"新桃"和"旧符"指的正是春联。

　　秦汉以前，我国民间每逢过年，有在大门左右悬挂桃符以辟邪的习俗。五代十国时，宫廷里有人在桃符上题写联语，后蜀主孟昶令学士辛寅逊题桃木板，辛学士写下"新年纳余庆，嘉节号长春"，这便是我国有文字记载的第一副春联。直到宋代，春联仍称桃符。后来，由于纸张大量生产，桃符逐渐改用纸张，叫春贴纸，便是贴春联。宋代以后，民间新年悬挂春联已经相当普遍了。

　　"春联"一词的出现和春节贴对联风俗的盛行始于明朝。明太祖朱元璋在金陵定都以后，命令大臣、官员和老百姓家中在除夕前都必须书写一副对联贴在门上，他亲自穿便装出巡，挨门挨户观赏取乐。每当见到写得好的春联，他就非常高兴，赞不绝口。一次巡视时见到一家没有贴春联，朱元璋很是生气，就询问什么原因，侍从回说："这是一家从事杀猪和劁猪营生的师傅，过年特别忙，还没有来得及请人书写。"朱元璋命人拿来笔墨纸砚，亲自书写一副春联"双手劈开生死路，一刀割断是非根。"送给这家。过了一段时间，朱元璋出外巡视又路过这位屠户家，见还没有贴上他写的春联，有点生气，屠夫恭敬地回答："这副春联是皇上亲自书写，我们高悬在中堂，要每天焚香供奉。"朱元璋非常高兴，命令侍从打赏这家三十两银子。另外，他还为王公大臣们御书春联，赐给中山王徐达的对联是："破虏平蛮，功贯古今人第一；出将入相，才兼文武世无双。"赐给陶安的对联是："国朝谋略无双士，翰苑文章第一家。"当时的文人也把题联作对当成文雅的乐事，写春联便成为一时的社会风尚。

　　入清以后，乾隆、嘉庆、道光三朝，对联犹如盛唐的律诗一样兴盛，出现了不少脍炙人口的名联佳对。随着各国文化交流的发展，对联传入越南、朝鲜、日本、新加坡等国，这些国家至今还保留着贴对联的风俗。

链接

贴门神

　　中国古代过年，家家户户门上都有贴门神画的习俗。门神，顾名思义，就是自己家里的守护神，帮助家庭驱邪鬼，保平安，是中国民间非常受欢迎的神祇。

　　门神始见于周代，当时叫"祀门"，是极为重要的一项典礼。那时没有纸，往往用木刻的道具。尤其多的是桃木，古人认为桃木驱邪，所以，门上经常会挂着一柄桃木剑。后来发明了纸，门神改成了画，一代代流传下来，成了中华民族春节的一个重要礼仪。

　　从类别上看，门神有驱邪类（金鸡，老虎），祈福类（福禄寿星），武将类（秦叔宝，尉迟恭），文臣类（魏征，包公）等，这些形象在今日的乡间多有所见。更多的中国家庭，则是以一个大大的"福"字或者生肖动物，替代了那些传统戏曲人物般的门神，给佳节平添了更多的喜气！

古代可以随便送玉器吗?

有人说,一部《红楼梦》,其实就是写"玉"的故事。书名《石头记》,书中人物宝玉、黛玉、妙玉、红玉……

这话不无道理,因为古人以玉比德,以玉比喻一切的美好和灵性,更是以玉象征气节,代表高贵。

现今日常生活中,玉器不过是寻常装饰品而已,但在古代不一样。如果古代一个女子送给一个男子一件玉器,那么至少可以判定两点:第一,这位女子家中非富即贵,因为玉器在古代不是随便哪家能够拥有的;第二,这位女子对这位男子心中有着深深的情意,因为古代玉器是不能随便送人的,一旦送出,在男女之间,便有着山盟海誓一样的效果。"投我以木瓜,报之以琼琚(玉佩)",这不是随便说着玩的,是非常神圣的盟誓!

玉就是石头,一块美丽的石头。由于中国古代玉石发源地众多,开采制作烦琐,而且玉石性质温润,与中华传统的"中和"思想相近,所以,几千年来中国人对玉石有着深深的眷恋,发展出了博大精深的"玉文化",几乎成为一种民间信仰,把玉的外观特质等自然特性比附于人的道德品质,比如"黄金有价玉无价",比如"君子比德于玉",比如"宁为玉碎"的民族气节,比如"化干戈为玉帛"的友爱风尚等等,甚至连很多寓意美好的字都是王字旁(玉),就连国家的"国"字简化之后,"国土"里面正是"玉"。

玉器作为一种高层次的文化载体,对中国古代的政治、礼仪、商贸、图腾、宗教、信仰乃至生活习俗和审美情趣所产生的深刻影响,是其他任何古器物无法比拟的。玉在很长一段时间内,是地位身份等级的象征,成为维系社会统治秩序的"礼制"的重要构成。比如达官贵人习惯佩玉,以示身份有别,形制也根据身份而变,现代考古发现各类玉器大都出自帝王将相的墓葬,其中把玉的等级发挥到极致的就有"金缕玉衣"。

2008年北京奥运会的奖牌"金镶玉"，以"金玉良缘"的美好寓意，体现了中国人对奥林匹克精神的礼赞和对运动员的褒奖，这在百年奥运史上，是前所未有的，体现了中国玉文化的宝贵理念。

玉既是远古先民顶礼膜拜的神物，又是森严礼仪等级制度的象征，更是中华民族美好品德的化身。今天，玉器这种古老、历久不衰的艺术瑰宝早已走下王权的殿堂，回到民间，还原为芸芸众生共鉴共赏的美丽石头。

下左图：金缕玉衣；
下右图：古代铜钱。

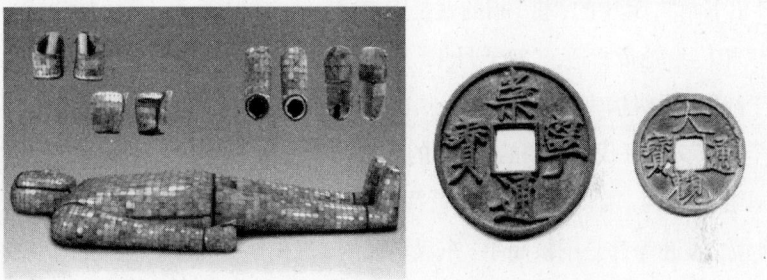

链接

钱为什么叫"孔方兄"？

钱，有个别名"孔方兄"，缘于我国古代使用的铜钱，铜钱是圆的，中间有一个方孔，便于绳索串吊。这种圆形方孔铜钱在我国使用了两千多年。

传说西汉惠帝元康年间，纲纪大坏，世风日下，唯钱是求成为当时的社会风气。针对这种社会现状，一个叫鲁褒的人作《钱神论》以讥讽世风，说钱"为世神宝，亲之如兄，字曰孔方。失之则贫弱，得之则富昌"，"钱无耳，可使鬼"。文章一出，立即被广泛传诵。"孔方兄"一词，也成了"钱"的同义语。

那么，为什么称"钱"为"孔方兄"而不称"孔方弟"或"孔方叔"呢？繁体的"钱"字由"金、戈、戈"组成，"戈""哥"音同，于是"称兄道弟"，只能是"孔方兄"了。

中国古代的棋指的是什么棋？

中国古代盛行不少体育运动项目，比如足球的始祖蹴鞠，比如现代军体运动的前身跑马射箭，还有拔河、踢毽子、推铁环等，都是民间喜闻乐见的运动方式。不过，论起动脑筋的体育项目来，非围棋莫属了。

围棋是我国古人喜爱的娱乐活动，也是历史悠久的棋戏。古代文人推崇的四艺"琴棋书画"，其中的"棋"指的就是围棋。

围棋相传为尧帝所造，"教子丹朱"。但唐朝人皮日休《原弈》一文则认为围棋始于战国，是纵横家们的创造，每颗棋子代表一座城池，棋盘代表地盘，围棋是各个国家交战征伐中发明的，战争的色彩相当浓厚。

不管起源如何，围棋一经问世，就深受世人的喜爱。三国时代，大战略家曹操、孙策、陆逊等都是围棋高手。东汉马融的《围棋赋》，就将围棋视为小战场，把下围棋视为带兵打仗。魏晋南北朝时期，由于玄学的兴起，文人名士以清谈为荣，追求个人才艺，下围棋之风盛行，他们以棋设官，建立了"棋品"制度，对有一定水平的"棋士"，授予与棋艺相当的"品格"，当时的棋艺分为九品，后世围棋分为"九段"即源于此，只是后世以九段为最高，而当时以一品为顶峰，和官制类似。

围棋发展到唐代，迎来了最为盛行繁荣的时期。朝野上下不分贵贱，都很喜爱这种"烧脑"的运动，就连唐太宗李世民自己就是一个大棋迷，他甚至将国内顶级高手招入翰林院，封他们为"棋待诏"，随时陪自己下棋，唐玄宗时赐棋待诏官九品，品级虽然不高，但只因下棋便能入宫为官，围棋真是由江湖一步登天进入庙堂了，对中国围棋的发展起了很大的推动作用。

唐代围棋还逐渐走出国门，日本遣唐使团将围棋带回，围棋很快在日本流传。朝鲜半岛上的百济、高丽、新罗也将围棋引入本国，这也为当今围棋格局中、日、韩三国鼎立奠定了基础。

明清时期，围棋在日本发展迅猛。清朝后期，中国棋手和日本棋手之间已经有不小的差距。到了近代，中国的围棋完全被日本碾压。新中国成立后，新一代围棋国手逐步成长起来，尤其是20世纪80年代开始，以聂卫平为代表的中国棋手给中国带来了新的围棋热，这一热潮至今不衰。

下左图：古代的围棋对局；

下右图：北京奥运会开幕式上的古琴演奏。

链接

中国古代的琴指的是什么琴？

列为中国古代四艺"琴棋书画"之首的琴，在古代指的就是古琴，又名瑶琴。古琴是最传统的中国本土乐器，伯牙、子期"高山流水遇知音"的故事流传至今。

古琴原本就叫琴，只是20世纪20年代，为了与钢琴区分，才改称古琴。古籍记载，伏羲作琴，舜定琴为五弦，文王增一弦，武王伐纣又增一弦为七弦，基本形成了古琴的基本样式。《诗经》"窈窕淑女，琴瑟友之"说明古琴至少在周朝，便是一件民间非常普及的乐器。

西周的钟仪是现存记载中最早的一位专业琴人。孔子也对琴十分推崇，能弹琴唱诗经三百首，还曾向师襄学琴，成为后世士人典范。中国古代还有四大名琴之说，分别是齐桓公的号钟、楚庄王的绕梁、司马相如的绿绮和蔡邕的焦尾。

古代酒和现代酒的度数一样吗?

看过《水浒传》的人都会为梁山好汉的酒量震惊,武松喝了18碗,还能优哉地打虎;大诗人李白千杯不醉,动不动就"斗酒诗百篇"。古人酒量这么高,有诀窍吗?有,因为古代酒和现代酒的度数还是有很大差别的。

中国酒据说是杜康发明的,所以才有曹操的"何以解忧,唯有杜康"。杜康酿酒也是源于一场意外,作为黄帝的大臣,杜康专门负责管理粮食。粮食多了吃不完,就储藏在山洞里,结果因为管理不善,导致粮仓进水,粮食遇水发酵,就成了酒。就这样,酒在民间普及开来,杜康也被尊称为"酒神"。但酒毕竟是用粮食酿造的,所以,酒最初是很珍贵的,一般老百姓是喝不上的。老百姓喝的大多是浊酒,这种浊酒通常以稻米为原料,酿出的酒大多为黄颜色,因为酒水颜色浑浊,还漂着米渣,所以叫"浊酒",和今天的米酒差不多。

元代以前,中国的酒基本上都是发酵酒,度数不高过20度,甚至大多数在10度以下,简单发酵后过滤一下。最早用蘖酿出的酒称为"醴",是甜酒,度数很低,所以才有"小人之交甘若醴"的说法,后来用曲酿造出来的才是真正的酒,度数略高,但也只有一二十度而已。所以像武松过景阳冈喝的那种酒,应该是度数很低的了。很多古代小说里,抱起酒坛豪饮的场面,基本都是喝的这种酒。

后来,酿酒技术不断进步,酒的品种也逐渐增多。到了宋朝出现了果酒,常见的是葡萄酒和黄柑酒。葡萄酒是唐朝就有的,黄柑酒却是典型的宋朝果酒。果酒度数不高,却是许多文人的最爱,苏东坡就留下不少歌颂葡萄酒的诗词,如"引南海之玻璃,酌凉州之葡萄"等。

真正接近现代酒的高度白酒,出现在元朝。北方蒙古族统治中原后,带来了他们的蒸馏酒技术,他们世居北方草原,气候严寒,必须饮高度酒才能取暖。提高酒的度数的方法就是蒸馏。虽然明朝赶跑蒙古人后再兴发酵酒,但清朝入关后,蒸馏酒再次成为主流。这样,蒸馏酒和发酵酒才在历史进程中逐渐交融为中国的白酒文化。

下左图：古代酿酒图；
下右图：古代行酒令。

所以你看电视剧，如果看到元朝之后还有谁用大碗喝酒，那可真是厉害了。

多说一句。《水浒传》"大碗喝酒"之外的"大块吃肉"，这"肉"是牛肉，因为宋代牛是重要的生产工具，不得擅杀，"大块吃牛肉"这个细节就足以表现英雄好汉们的反叛精神了。

链接

酒令是古代人的桌游

酒令是今天仍然流行的饮酒助兴的一种游戏，是中国人发明的一种礼貌且公平劝酒的独特手段。酒令其实就是古代人的桌游。

酒令最早可上溯到东周，为历代文人雅士所好，东晋书法家王羲之和好友在兰亭修禊后，举行饮酒赋诗的"曲水流觞"，就是大家席地而坐，将盛了酒的觞放在溪中，觞在谁的面前停下，谁就得即兴赋诗并饮酒。王羲之正是在此游戏之后挥就了《兰亭集序》。

酒令的真正兴盛是在唐朝士大夫间，"唐人饮酒必为令，以佐欢乐"。宋朝光是记载酒令的书就不计其数。唐宋以后，酒令游戏盛行不衰，名目也越来越多。这些酒令很大一部分是猜射性的，或猜诗，或猜物，或猜拳。到了今天，酒令基本都是猜拳。

古人一天吃几顿饭?

人常说"人是铁，饭是钢，一顿不吃饿得慌"。一日三餐，少了任何一顿，身体就有点发虚。不过，在中国古代，有一段时间人们还真少吃一顿。

原始社会是"饥则求食，饱则弃余"，也就是饱一顿饿一顿，那样对胃很不好。之后，大约在商朝，"定时吃饭"才形成。一开始，寻常人家都是一天两餐，第一顿饭叫作"朝食"，称为"饔"，第二顿饭叫作"餔食"，称为"飧"。朱熹《集注》有载："朝曰饔，夕曰飧"。这两顿饭的时间安排也是有讲究的，如同作息制度，依据太阳在天空中的位置，太阳走到东南方叫隅中，朝食就在隅中之前，大致相当于上午九点。餔食一般在太阳走到西南方向，也叫申时，差不多是下午四点。那么"两餐制"中哪一顿才算主餐呢? 朝食是最重要的主餐，质量最好，而且是现做的熟食，餔食则大多是朝食剩下的食物。

不过，当时"两餐制"也不是绝对的。家庭条件优越的贵族也有"三餐制"，这多出的一餐叫"燕食"，相当于现在的午饭。

"三餐制"真正普及是在隋唐时期，民间基本都是一日三餐，而且午餐开始成为一天的主食。贾岛的"林下中餐后，天涯欲去时"，白居易的"朝眠因客起，午饭伴僧斋"，都是对午餐的描述。午餐称为中食、昼食，与燕食在用餐时间上大致相同，但重要性大不相同。宋朝经济十分繁荣，又取消了宵禁政策，这时除了一日三餐，甚至出现了夜宵，寻常百姓很多人家一日四餐。明、清两朝延续了宵禁政策，导致"两餐制"有一阵成为主流。就连朝廷的"帝王餐"也就是"早膳"

"晚膳" 两顿饭。

虽然当今中国普遍都是一日三餐，但古时的"一日两餐"并没有完全消失，还有极少的地方一天还是吃两顿饭，就像中国饮食历史的活化石。

左图：清末富裕人家的吃饭场景；

下左图：古代餐具；
下右图：古代食物。

左图：清末富裕人家的吃饭场景；下左图：古代餐具；下右图：古代食物。

链接

汉朝的时尚菜单

中国饮食文化史上，汉朝是一个重要的时代，随着铁制炊具的使用和烹饪技术的发展，这一时期的饮食形成了重要的体系和特色。

请看两张汉代菜单。

一个是《盐铁论·散不足篇》列举的西汉食品，计有烤羊羔、烤乳猪、韭王炒蛋、片切酱狗肉、红烧马鞭、豉汁煎鱼、白灼猪肝、腊羊肉、酱鸡、酥油、酸马奶、腊野猪腿、酱肚、焖羊羔、甜豆腐脑、清汤鲍脯、甘脆泡瓜、糯小米叉烧烘饭等。

第二个是枚乘《七发》列出的人间九种美味：小牛腩肉，红焖肥狗肉，云梦泽香粳米拌菰米饭，熊掌蘸五香酱，叉烧鹿里脊，鲤鱼片烩溜紫苏，打霜菜薹，兰香酒，清炖豹胎。

汉朝这两张菜单，基本上都属于吴楚百越的美食，也夹杂着西北和华北美食，反映出当时中国南北饮食文化的交融状况。

皇帝的菜单

中国人向来推崇"民以食为天",帝王也不例外,只是与平常百姓相比,他们又有许多复杂的讲究,就连用餐的程序都要遵循严格的规矩。以南宋为例,皇帝进膳时,殿中省和皇帝用餐的嘉明殿之间,禁卫森严,殿中省有一人先高喊:"拨食!"随即一群穿着紫色衣服的"院子家",托着食盒,陆续上膳,还有专人尝膳,没有问题后,皇帝才能正式吃饭。

皇帝吃的饭叫御膳,中国古代御膳在各个朝代风味不尽相同,但大都聚敛了四方美食,也就是说,御膳也都是来自民间的烹饪原料和技术。那么历代皇帝到底吃什么?

周朝因为崇尚礼制,周天子御膳一般食用六谷(稻、黍、稷、粱、麦、菰),饮用六清(水、浆、醴、醲、凉、酏),膳用六牲(牛、羊、豕、犬、雁、鱼)。秦汉以后,御膳就丰富和创新了许多,面食明显增多,典型的有汤饼、蒸饼和胡饼。此外,豆制品的丰富多样又带来了新变化,比如豆腐的发明就深受皇族帝胄喜爱,豆豉、豆酱等调味品也是四时咸宜。

南北朝时期,饮食南北交融,御膳丰富多了,什么新疆的烤肉,闽粤的烤鹅,西北的乳制品,应有皆有。大唐的财力雄厚了,与西域的交流更广了,御膳主食更加丰富多彩,多了"百花糕""清风饭""王母饭""红绫饼餤"等,菜品也新增了"浑羊殁忽""灵消炙""红虬脯""遍地锦装鳖""驼峰炙""驼蹄羹"等,听起来就很奢华。

要论吃羊肉,宋元两朝皇帝是个典型。宋太祖宴请吴越国王的第一道菜是"旋鲊",就是用羊肉做的;而宋仁宗夜半腹饥,想吃的竟是烧羊。可见当时羊肉在宋朝御膳中的地位举足轻重。元代御膳以蒙古风味为主,所以对羊肉更是爱不释手,甚至还出现了全羊席。

明清宫廷御膳达到了中国传统饮食的顶峰。山珍海味,无奇不有,其中最著名的就是满汉全席，所包含的菜品多到相声段子《报菜名》都不一定报得完。皇帝以自己无与伦比的权力，满足一人的口腹之欲。饕餮之下，最终吃掉了江山，也是必然。

下左图：古代的御膳；下右图：中国古代美食制作。

链接

川菜好吃还是粤菜好吃？

有一个故事，一个外国人来到中国，号称要在一年内吃遍中国的各大菜系，一年过去了，他却还在成都。

这就是川菜的魅力，也是中国菜系的魅力。的确，说到食不厌精，全世界数中国人最专长，从古代开始，中国人便发明了炒（爆、熘）、烧（焖、煨、烩、卤）、煎（塌、贴）、炸（烹）、煮（汆、炖、煲）、蒸、烤（腌、熏、风干）、凉拌、淋等多种烹饪方式，加上从外族学到的扒、涮等方式，再加上气候、地理、历史、物产的不同，形成了著名的八大菜系：川、粤、鲁、苏、浙、闽、湘、徽，之外又分出了各种小支，潮州菜、东北菜、本帮菜、客家菜、赣菜、清真菜等，饕餮着世界人民的舌头。

饺子馄饨本是一家

饺子和馄饨都是中国古老的传统面食，深受人们喜爱。今天，饺子和馄饨作为两种食物出现，其实，饺子、馄饨最早是一家。

饺子起源于东汉时期，为东汉医圣张仲景首创。一开始是药用，张仲景用面皮包上一些祛寒的药材羊肉、胡椒等，敷在病人的耳朵上，治疗冻疮。而馄饨一开始就是食物，三国《广雅》载："馄饨，形如偃月，天下通食也。"我国古代在相当长的时间内将面食统称为饼，古时"馄""饨"均为"饼"的意思，所以，"馄饨"就是面食的别称，西汉扬雄所作《方言》就提到"饼谓之饨"。大约在宋朝，馄饨开始有了"角子""角儿"的别称，由于馄饨与金银元宝形状相近，两头都是翘起的元宝形状，有人便认为角子的原形是元宝，时至今日，角子仍是小硬币的别称，后世民俗亦有在饺子中包硬币求财的。

到了元朝，馄饨又出现了新的名称"扁食"，这是从蒙古语音译而来的词汇，样式也由原来馅小皮薄变成了馅大皮厚。随着蒙古帝国的扩张步伐，馄饨也传到了世界各地。后来，馄饨又有了饺饵、水饺饵、粉角、饺儿、饽饽、角子、水饺等多种名称。后因"角"与"饺"同音，又写作"饺子"。

宋朝以后，饺子和馄饨才真正分道扬镳。干食的饺子逐渐从汤食的馄饨中分化出来，并出现了煎、炸、蒸等烹饪方式，又由于"饺子"被赋予了吉祥的含义，在民间日益盛行，完全取代了馄饨，成为正名。"馄饨"虽然被饺子夺去了正名，但以另一种形式保存了下来，而且制作方式逐渐变化，成为与"饺子"不同的食品。

我国地域辽阔，民族众多，方言、风俗多有差异。如今，"面食双胞胎"中，饺子的制作方式各地大同小异，但馄饨的制作方式和名称就是五花八门了，江浙一带、北方地区仍称"馄饨"，四川则称"抄手"，广东称"云吞"，重庆、湖北称"包面"，江西称"清汤"，福建称"扁肉"，皖南称"包袱"，新疆称"曲曲"等，反映出了天南海北的地域特色。

链接

馒头原本也是有馅的

馒头是中国最著名的发酵面食，现代人常把它同西方的面包相媲美。

中国人吃馒头的历史，可追溯到战国时期。萧子显在《齐书》中有言，朝廷规定太庙祭祀时用"面起饼"，"面起饼"便可视为中国最早的馒头。

到三国时期，馒头有了正式的名称。据传，诸葛亮南征孟获，邪神作祟，按南方习惯，要以"蛮人头"祭神，诸葛亮不忍用人头祭祀，便下令改用麦面裹牛羊猪肉，代替人头以祭，始称馒头。所以，当初馒头都是带肉馅的，而且个儿很大。

宋时馒头成为常见的点心，馒头因有馅，又称作"包子"。元代出现了类似后世开花馒头的煎花馒头。至清代始有实心馒头的记载，后来，北方人称无馅的为馒头，有馅的为包子。

"脍炙人口"起初是吃货的最爱

"脍炙人口"现在多用来比喻好的文章受到众口称赞和传诵。但最初,它可是形容美味的,是吃货的最爱。脍,是切细切薄的肉,炙,是烤熟的肉。古代"脍炙人口"的字面意思,就是现在说的"这烤肉真好吃"。

孟子就是个爱吃烤肉的人,公孙丑曾问他"脍炙与羊枣孰美?"孟子毫不犹豫地回答:"脍炙哉!"不过,古代的烤肉还是和现在大不相同的。

人类最初的饮食文化,都是从火中孕育出来的。火的使用才结束了人类茹毛饮血的时代,也开启了烤肉时代。

最初的烤肉是直接用火烤,没有现代人那种便捷的烤肉架子,也没有烧烤叉子,所以经常会烤糊。后来古人摸索出用烂泥涂裹食物,置火中煨烤的新方法,这一发明真是了得。古书上称这种烤法为"炮","炮制"这个词就是这么来的。而且"炮"的技艺一直沿用到今天,比如"叫花鸡",只不过"叫花鸡"在涂抹泥浆前,先包裹了一层荷叶。

商周时期,肉的烤法全面升级,除了炮,还有燔和炙。《诗经·小雅·瓠叶》载:"有兔斯首,炮之燔之;有兔斯首,燔之炙之。""燔"最接近古法,意思是直接放在火焰上烧;而"炙",字形上可以看到上半部分是肉,下面是火,就是将肉"贯串而置于火上"。汉魏时期,西域胡人带来了全新的烤肉制作工艺,烤肉用料更加考究,在调料上也有很大的突破。

隋唐时期的笔记小品中有关烤肉的记载数不胜数,很多看起来和今天的烧烤摊子差不多。宋朝还有专门的"暖炉会",有点像今天的打边炉,吃烤肉就是其中重要一项,《岁时杂记》载:"京人十月朔沃酒,及炙脔肉于炉中。围坐饮喝,谓之暖炉。" 清代曹雪芹在《红楼梦》中也写到大观园里的烤鹿肉:玻璃世界白雪红梅,脂粉香娃割腥啖膻。贾宝玉同史湘云在芦雪亭烤鹿肉惊动了探春、宝钗、宝琴等姐妹,大家凑到一起大吃起来,致使林黛玉讥讽他们像一群花子。

　　"脍炙人口"，一个发自味蕾的成语演变为人们对美的追寻，涵盖的是饮食的大文化。

链接

西瓜，来自西域的瓜

　　中国是世界上最大的西瓜产地，但西瓜并非原产中国。一般认为西瓜产自非洲，从西域传到中国，故名西瓜。明代徐光启《农政全书》载："西瓜，种出西域，故之名"。1995年，考古人员在内蒙古赤峰市敖汉旗境内一座大型壁画墓中，发现了中国迄今最早的西瓜图画，从而证实了这一记载是可信的。

　　至于西瓜传入中国大约是在何时？我们只能从文学作品里推断。唐诗中几乎没有西瓜的描写，但是宋代关于西瓜的诗就不少了，比如范成大、文天祥都写过关于西瓜的小令，所以，西瓜大约是在晚唐至五代时期传入中国的。今天，如果你在哪部粗制滥造的电视剧上，看到汉朝甚至秦朝帝王的桌子上就放了西瓜，那就只能哑然失笑了。

　　另一种民间最常用的蔬菜辣椒，是明朝从墨西哥传入中国的。

豆腐始于炼丹

说到豆腐，大家都比较熟悉，这一在中国人餐桌上流传了数千年的绿色健康食品，早已名扬世界，而且衍生出许多全新的品种。但如果当初淮南王刘安没有因追求长生不老而去热衷炼丹，也许今天的我们都吃不到豆腐。

大医学家李时珍在《本草纲目》中明确指出：豆腐之法，始于汉淮南王刘安。刘安是汉高祖刘邦的孙子，他没有特别大的追求，搞过兵变，但失败了，不过他在文学和科技方面的功绩倒是千古留名，一部《淮南子》奠定了他在学术上的地位；闲来无事用艾燃烧取热气让鸡蛋壳浮升使他成为中国最早的热气球实践者。除此之外，刘安最大的贡献就是发明豆腐了。

刘安和古代很多王侯一样，笃好神仙黄白之术，迷信炼丹，渴望得道成仙，长生不老。传闻他也是死于仙丹，吞服丹药"得道"了，没服完的仙丹还被家里的鸡跟狗吃了，造就了"一人得道，鸡犬升天"这句谚语。

淮南一带盛产优质大豆，自古就用水磨豆浆。一次，刘安的母亲病了，大孝子刘安每天都要磨豆浆给母亲喝。一天，刘安端着一碗豆浆，在火炉旁烧药炼丹时，一不留神把豆浆洒到了炉旁供炼丹用的一块石膏上，结果豆浆变成了一摊白嫩的东西，尝起来还非常美味。于是，富有科学实践精神的刘安开始了试验，他让人把没喝完的豆浆一起端来，再把石膏碾碎和豆浆结合，豆腐，就这样机缘巧合地诞生了！看到这一奇妙现象，刘安惊呆了，连呼："离奇！离奇！"。所以，豆腐最早的名字就来自"离奇"的谐音——黎祁。自此，刘安被后世封为"豆腐神"。不过那时候的豆腐由于没有将豆浆加热，只能算是原始豆腐，凝固性和口感都比较差，后来民间对制作工艺多有改进。

1960年，我国考古人员在河南密县打虎亭东汉墓中发现了一些石刻壁画，后来被专家鉴定正是描述制造豆腐的过程。

到了唐朝，鉴真和尚东渡日本带去了制作豆腐的技术，并且在日本发扬光大，后来日本还出版了一部名为《豆腐百珍》的食谱，介绍了100多种豆腐的烹饪方法。之后豆腐又传入东南亚和欧美，世界人民都可以尝到这种来自东方古国的美味了。

下图：制作豆腐的壁画。

链接

"吃豆腐"什么时候开始产生歧义的

本来，"吃豆腐"毫无歧义，但不知哪天突然上升到道德高度，成为男人轻薄女人和占便宜的代名词了。

相传。豆腐在刘安手上问世后，很快成为老百姓非常喜欢的食物，街上出现了很多豆腐店。汉朝的豆腐店多为夫妻店，老板负责磨豆腐，老板娘负责卖豆腐。老板娘常年接触豆腐，又常吃具有美容效果的豆腐，自然生得细皮嫩肉，很多老板娘被称为"豆腐西施"。老板娘为招徕顾客，卖豆腐的时候未免要风情一些，引得许多男人以"吃豆腐"为名到豆腐店去。就这样，"吃豆腐"的歧义产生了。

茶，中国人的独特饮料

　　茶，是中华民族的举国之饮，发于神农，闻于鲁周公，兴于唐朝，盛于宋代。中国茶文化糅合了中国儒、道、佛诸派思想，独成一体，是中国传统文化大家庭中的一朵奇葩，芬芳而甘醇。

　　中国是世界上最早发现和利用茶树的国家，但最初并没有"茶"这个字。《尔雅·释木》说："槚，苦荼也。"可见，"茶"是从"荼"中简化出来的萌芽，始于汉代，古汉印中，有些"荼"字已减去一笔，成为"茶"字之形了。到了中唐，茶的音、形、义已趋于统一，后来，又因陆羽《茶经》的广为流传，"茶"这个字形得到确立，直至今天。

　　关于茶的发现，《神农本草经》载："神农尝百草，日遇七十二毒，得茶而解之。"有人认为茶是神农在野外以釜锅煮水时，刚好有几片叶子飘进锅中，煮好的水其色微黄，喝入口中生津止渴、提神醒脑，神农以尝百草的经验，判断它是一种良药，从而推广开来。

　　汉代蜀人王褒所著《僮约》提及"武阳实茶""烹茶器具"等，由文中可知，茶已成为当时社会饮食的风尚，且为待客以礼的珍稀之物，由此可知茶在当时的重要性，同时也说明那时候四川产茶已初具规模，制茶方面也有改进。南北朝茶产渐多，饮茶的记载也多见于史册。佛教在南北朝时比较盛行，佛教提倡坐禅，饮茶可以镇定情绪，因此茶叶又和佛结下了不解之缘。唐朝一统天下，重视农作，促进了茶叶生产，茶叶的生产和贸易迅速兴盛，成为我国历史上第一个高峰，并诞生了陆羽《茶经》，首创中国茶道精神。自此，茶叶成为中国重要的物产，长盛不衰。

　　唐贞观十五年，唐太宗为文成公主与藏王联姻的陪嫁物中，就带去了大批茶叶，由于当时茶为"槚"字，所以藏语茶字的读音至今仍为"槚"。从内地经过云南、四川向青藏高原运送茶叶的"茶马古道"，成为中国传统文化传播的一种象征。

中国茶走向世界由来已久。公元四世纪到五世纪，中国茶叶传至高丽。公元五世纪后，阿拉伯人陆续从我国西北边境以茶易货，之后，茶叶从中东传入欧洲，开始风靡世界。

下左图：古代奉茶图；
下右图：《茶经》。

链接

《茶经》——茶叶的百科全书

中国茶道的奠基人陆羽所著《茶经》是中国乃至世界现存最早、最完整、最全面介绍茶的第一部专著，被誉为"茶叶百科全书"。

陆羽在 21 岁时决心写《茶经》，为此开始了对茶的游历考察，经过十余年，实地考察 32 个州，陆羽最后隐居苕溪（今浙江湖州），开始对茶的研究著述，历时 5 年写成初稿，又用 5 年增补修订才正式定稿。前后总共历时 26 年，才最终完成这一巨作。

自陆羽著《茶经》之后，茶叶专著陆续问世，进一步推动了中国茶业的发展。代表作品有宋代蔡襄《茶录》，宋徽宗赵佶《大观茶论》，明代钱椿年撰、顾元庆校《茶谱》，张源《茶录》，清代刘源长《茶史》等。

筷子是双很快的棍子

据说，世界上一共有三种用餐方式，直接用手的占总人数的百分之四十，用刀叉的占百分之三十，用筷子的同样也是百分之三十。筷子是中国以及东南亚地区百姓用餐吃饭必不可少的餐具，也是中国古代文明的象征。

祖先以筷子进食的历史可以追溯到三千多年前，考古发现最早的筷子出于安阳殷墟商代晚期墓葬，文献中也曾记载商纣王使用精美的象牙筷子。至于筷子的起源，有人推测，可能是上古人烤东西吃时，因为烫手，很偶然地随手折了两根枝条用来夹食物，就演变成了固定的食具——筷子。还有传说是妲己为讨纣王欢心而用玉簪作筷。

不过，筷子在明代之前都不叫筷子，你要是看到影视剧里讲明代以前的剧情有谁用了筷子这个词，那真是闹笑话了。筷子的大名很长时间是以"梜"和"箸"而存在的。上古时期主要称"梜"，自商纣王开始使用"箸"，一直沿用到明朝。箸的材质也在不断丰富，隋唐时期出现了金银箸，尤其银箸，堪称古装影视剧里最频繁使用的试毒工具了。

那么"箸"是如何变成"筷子"的呢？

明代吴中地区，也就是今天的苏州一带，地处江南水乡，当地船家忌讳"箸"，因为"箸"和"住"的发音一样，行船时最怕"停住"，所以将"箸"唤作"快"，寓意"行船畅快无阻"。后来人们又在"快"上加了"竹"字头，"筷子"就这样诞生了。

不过这一时期，"筷子"还只是民间称呼，还是没能动摇"箸"的正统高雅地位。直到清代，随着南北文化的交流，"筷子"的说法才向各地扩散开去，《红楼梦》里，从凤姐到贾母都说"筷子"。

"筷子"取代"箸"的最后一步是英语翻译。筷子曾让刚来中国的西洋人大为惊叹，后来流行于上海租界的洋泾浜英语将"筷子"译作chopstick，意为

"很快的棍子"，由此奠定了"筷子"的正式称呼。但是，"箸"的称呼也未完全消失。在今天东南沿海的很多方言里，还保存着"箸"的说法，甚至日本，也还是把筷子叫作"箸"。中华文化的博大精深可见一斑。

下左图："箸"；
下右图：麻将。

链接

麻将中的中国文化

中国人发明了筷子。中国人还发明了麻将。

关于麻将的起源，有多种说法，一说起于江苏太仓的"护粮牌"，又说是明朝一个叫万饼条的人发明的，还有说是郑和下西洋船队士兵为了打发无聊发明的，不一而是，只有一点是统一的，形成于明朝时期。

麻将中包括了中国古人朴素而传统的价值观念：升官发财，和谐圆通。

先说升官发财，"筒"表示的是铜钱，"索"表示的是穿铜钱的绳子，"万"不用说了；"中"是考试高中，"发"是发达，"白"是清白。

再说和谐圆通，"东南西北""春夏秋冬"表示的是一年四季更替，大自然在和谐地运转。每一张牌没有大小强弱之分，独立地看，价值是一样的，只有与手上以及对手的牌配合，产生互动和联系，才能产生价值，甚至一张牌定江山，这也是中国哲学讲究整体、讲究圆融变通的体现。最后，以"和"终局，"和"，以和为贵，和气生财！

南宋·刘松年 《秋窗读书图》

夜雨寄北　唐·李商隐

君问归期未有期，巴山夜雨涨秋池，
何当共剪西窗烛，却话巴山夜雨时。

第七编

汉语汉字

从仓颉造字到甲骨文

　　一个穿着草裙、披着兽衣，长了四只眼睛的原始人，在茫茫林海中，趴在地上，仔细地寻找着鸟兽的脚印，不时地抬头思索，又用石块将脚印的痕迹刻画在随身携带的青竹板上……

　　这幅场景，就是传说中的仓颉造字。

　　1899年秋天的北京，清朝政府的国子监祭酒（相当于今天的北大校长）王懿荣收到一个范姓古董商送来的几片龟甲，发现上面有些刻痕，而且似乎是比金文更加古老的一种文字。王懿荣狂喜，开始重金收集这种刻在龟甲和兽骨上的文字，可惜还没有系统研究，就由于八国联军入侵北京，王懿荣投井殉国。晚清小说《老残游记》的作者刘鹗继续研究这些陌生的文字，并于1903年出版了中国第一部研究甲骨文的专著《铁云藏龟》，确认甲骨文为商代文字也是中国迄今为止所知的最早文字。后来，史学家罗振玉确定了甲骨文出土于河南安阳的小屯村，由此发现了殷墟。再后来，国学家王国维将甲骨文首次进行缀合，形成能够读通的大段文字，将中国信史提早了1000年！这么多的国学大家前赴后继，终于将甲骨文的面目真实地揭示了出来。

　　以上，就是中国文字诞生的"极简史"。从仓颉图形刻画开始，汉字就遵循着典型的象形文字特征，一直进化到甲骨文这种最古老的文字，中华文明就像坐上了高速动车，开始了飞速的发展！

　　一部汉字史，与中华文明的发展史紧密相连。甚至有学者认为，汉字的发明，其价值并不亚于四大发明，是中国的第五大发明！

　　这种说法是有道理的，因为，现今地球上人类所使用的两百多种文字中，甲骨文与两河流域的苏美尔人创造的楔形文字以及古埃及人创造的圣书字，同属于世界上最古老的三种文字，但前两种文字早已消失，只有汉字一直流传下来，而且，几千年来，汉字的语法结构和大部分词汇意义变化不大，今天《新华字典》所收词汇的含义，约有半数与两千年前《说文解字》所收词汇的含义基本相同。

下左图：仓颉；
下右图：甲骨文。

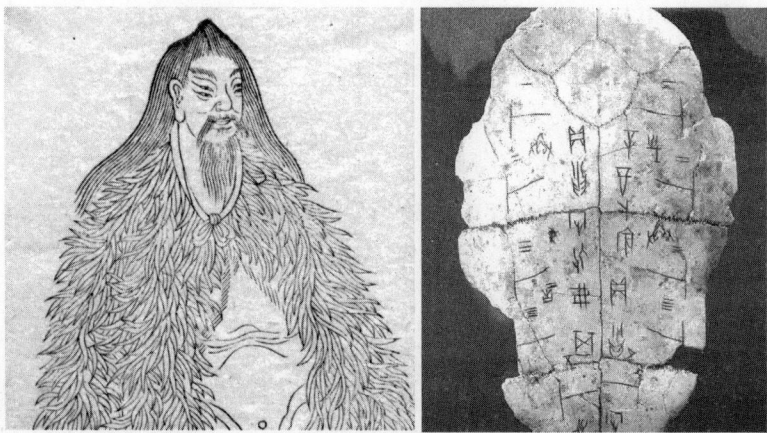

链接

中国历代的普通话

中国人大多都会说普通话，普通话，其实就是中国历史上各个朝代的官方统一语言。现在的普通话，是河北省承德市滦平县的发音，而这个县的发音，是集中了元朝的北京话、明朝的南京话和清朝的北京话三种发音特点形成的。

中国历代的普通话，是随着各个朝代的首都的变迁而不断变化的，比如西周的普通话是洛阳话，名"雅言"，成为之后中国各朝官话的基础；秦朝的普通话就是陕西方言，可以参考今天的秦腔；汉朝是洛语（洛阳话）；东晋因为迁都健康，所以普通话就是南京话；到了隋唐，"秦音"又成了普通话；宋朝普通话分别是"洛语"和杭州话；到了元代，带有强烈北方草原气息的蒙古调北京话成了官话；再到了明成祖朱棣迁都北京，北京话就成了中国的官话了。

为什么叫汉字，而不叫唐字宋字？

中国的文字叫汉字，中国的语言叫汉语。那么，中国这么大的版图，这么悠久的历史，中国的文字为什么不叫唐字？宋字呢？

这就要简单地介绍一下汉朝了。

在汉朝以前，中国的名称是"华夏"，或者"诸夏"，因为汉朝的统一强盛，在世界上影响很大，中国人开始被习惯地称作"汉人"，于是，"汉字""汉语"的称谓也便逐渐固定下来了。

汉朝到底有多强盛？

公元元年前后两百年，当时世界上有两个最强大的国家，西方是罗马帝国，东方就是统一的汉朝，国土面积609万平方公里，人口（公元2年）6000多万，占当时世界总人口的三分之一。汉朝科技发达，文化统一，以儒家文化为代表的汉文化圈正式成立，为华夏文明的发展做出了巨大贡献。

可能有人要问了，论统一最早，是秦朝；论强大，唐朝、宋朝都很强大，甚至宋朝的GDP占了当时全世界总量的三分之二，可为什么不叫"秦人""唐人""宋人"，独独叫"汉人"呢？

这个问题提得好。的确，相比于汉朝，秦朝虽然是中国第一个统一的国家，但时间太短，仅历二世30多年，汉朝却是前后400多年！唐朝和宋朝虽然非常强盛，但又比汉朝晚很多。就这样，汉朝因为自己的资历、实力各方面都达标而且正好，令人羡慕地登上了中华民族最大一个族群的名称的宝座！

汉水，这条在中华大地并不特别显眼的河流，就是因为刘邦被歧视性地封为这里的"汉王"，而成为中华民族"汉族"名称的来源！

话说回来，"秦人""唐人""宋人"的叫法，在海外也都有，比如欧洲一些国家，现在叫中国人还叫"秦人"，"唐人街"更是在海外遍布，至于"宋体"这种文字，更是流传天下了。

下左图：汉武帝；
下右图：马王堆出
土的汉服。

下左图：汉武帝；
下右图：马王堆出土的汉服。

链接

汉服，是汉朝的服饰吗？

现在的大学生，往往喜欢在毕业的时候，穿着一身"汉服"照相，还要把帽子往天上扔，表达自己的欢快心情。照完相后，纷纷把照片传给好友欣赏，发朋友圈，分享自己的开心。

至于为什么要穿着"汉服"，不少学生的解释是：汉朝确定了儒家思想的治国地位，穿着"汉服"照相，可以展示自己的儒雅和修养嘛。

嘿嘿，实际上，这个说法是错误的。

因为，"汉服"，并不是汉朝的服饰。

汉服，全称是"汉民族传统服饰"，又称汉衣冠、汉装、华服！换句话说，"汉服"是汉族的传统服饰！时间跨度从黄帝即位到公元 17 世纪中叶（明末清初），是一种传承了 30 多项中国非物质文化遗产的珍贵的中国工艺品。

汉服"始于黄帝，备于尧舜"，源自黄帝制冕服，定型于周朝，并通过汉朝依据四书五经形成完备的冠服体系。汉服还通过华夏法系影响了整个汉字文化圈，亚洲部分民族如日本、朝鲜、越南、蒙古、不丹等国服饰均借鉴了汉服的典型特征。

亚洲应用最广泛的文字——汉字

　　2017-2018赛季中国女排超级联赛,上海女排引进了韩国女排主攻手、前世界第一主攻手Kim yeon-koung。对于她,之前中文翻译都是金延璟,她到了上海之后,主动对记者纠正:"我名字的汉字拼写其实是'金软景',请你们以后用'金软景'称呼我吧。"

　　这个段子充分表明了韩国与汉语的密切关系——韩国是汉字文化圈的重要国家。

　　汉字文化圈是指曾经用汉字书写并在文字上受到汉字影响的国家(民族)。古代,汉字是亚洲应用最广泛的一种文字,主要国家集中在东亚和东南亚,如越南(古安南)、朝鲜、日本(古倭国)、泰国(古暹罗)、蒙古等国。相较于拉丁语文化圈,斯拉夫语文化圈、阿拉伯语文化圈和梵文字母文化圈,汉字文化圈在世界上使用人数最多、使用地域也很广阔。直到今天,由中国起经韩国、日本到新加坡,形成汉字地带,加上欧洲、美洲和澳洲等地的华裔华侨,使用汉字的人多达13亿人!占全世界总人口的将近1/5。

　　韩剧《成均馆绯闻》中讲述了古代朝鲜最高学府成均馆里青年学生的故事,他们书写的文字是汉字。当时朝鲜的宫廷和士族都用汉字记录和传递信息。古代的越南和日本官方也都曾学习汉字,能写汉字是他们身份的象征。

　　除了写汉字用汉字,越南语、朝鲜语和日本语中的书写字中有六成源于汉字。1446年之前,朝鲜一直使用汉字,没有自己的文字,直到世宗大王李裪创造了韩文,之后一直到20世纪朝鲜才彻底废除了汉字,但是很多书面语中还是保留了汉字。日语中很多文字意思虽然有所变化,但字形和汉字一模一样。

　　随着西方发达国家文化的渗入,汉字文化圈的国家逐渐摆脱了汉字文化的中心地位。直到近年来,随着经济实力和政治地位的一天天提升,中国在世界各地建立了孔子学院，推广中华传统优秀文化，汉学再度被各国重视了起来，许多国家兴起了汉学热。汉字，正在广泛地走向世界！

於己曾止乃保毛与呂遠
お こ そ と の ほ も よ ろ を
衣計世天祢部女礼恵
え け せ て ね へ め れ ゑ 恵
宇久寸川奴不武由留
う く す つ ぬ ふ む ゆ る
以幾之知仁比美利為
い き し ち に ひ み り ゐ 為
安加左太奈波末也良和无
あ か さ た な は ま や ら わ ん

链接

日本的汉体诗

"流莺呼梦去，微雨湿花来。昨夜春愁色，依稀上绿苔。"这首诗《春日偶成》，完全是中国古体诗的格调，但作者却是日本人夏目漱石。

日本文字受中国汉字影响特别深，古代日本的上层阶级都会书写汉字，日本奈良时期正值中国隋唐时期，日文假名还没有出现，日本官方通用汉字，很多日本人的毛笔书法非常出色。

随着唐诗的影响，日本开始受到唐诗的深刻影响，涌现出很多会写汉诗的高手，大多擅长五言诗，甚至几代天皇都是高手，还亲自参与编辑了《凌云集》《文华秀丽集》《经国集》三部汉诗集。在日本最受追捧的中国诗人是白居易，甚至有日本诗人直接将白居易《长恨歌》中的"秋雨梧桐叶落时"改写为"叶落梧桐雨打时"。直到今天，日本还保存着不少纪念白居易的神社遗址。

日本的汉体诗到了明治维新时代走向衰落，前后约有1200年的历史。

这本书，解答了汉字的所有问题

如果有人问你："为什么'王'字三横一竖？"你可以愉快地回答："'王'字虽然看上去很简单，但每一笔都意义深远。三横分别是天道、地道、人道，而能够全部通达的人，才能称为'王'。"

能这样回答的人是不是很酷？其实，只要你好好读一读我国汉语史上最早且最具权威的汉字字典——《说文解字》，一切有关汉字的问题就再也难不倒你啦！

东汉许慎撰写的《说文解字》是我国语言学史上的不朽名著，是一部系统分析汉字字形和考究字源的字书，全书共收录汉字9000多个。它为汉语字典创立了部首，从"一"部开始到"玄"部结束，用五百四十个部首统摄当时所有的汉字，并逐字解释其形、音、义，集文字、声韵、训诂于一体。它还阐述了汉字的造字规律，即"象形""指事""会意""形声""转注""假借"的"六书"学说，为汉字奠定了坚实的理论基础。

《说文解字》问世不久，便受到了世人的重视。东汉末年，郑玄注《三礼》，曾引用《说文解字》以解释词义，这说明，许慎死后仅仅半个世纪，《说文解字》就产生了巨大的社会影响。《唐六典》载，唐代的科举要考试《说文解字》六帖（"帖"是科场术语，意为默写），这多牛，表明《说文解字》在唐代已是知识分子的必读书目。

对于今天的我们来说，《说文解字》为我们"识古"提供了中介，不仅帮助我们认识古文字，也让我们看到了古人生活的许多侧面。比如"安"字，解释为"从女在室中"，反映了古代抢婚风俗，妇女常有被抢的危险，只有待在家里才是最安全的。又如"砭"字，《说文解字》云："砭以石刺病也。"从这个字，可以推断出先秦时期就有了针灸，因为针灸使用的针，是石料的，说明当时社会还比较原始。

《说文解字》的内容博大精深，堪称中国文字史上的绚丽瑰宝。

下图：许慎与《说文解字》。

链接

穷尽一生著成一书

公元 121 年 8 月的一天，汝南通往国都洛阳的大道上，一辆马车急驶，车上端坐一位年轻人，表情焦急，身后放着一只木箱。这个年轻人名叫许冲，是前南阁祭酒许慎的儿子，箱子里放的是父亲新近完成的巨著《说文解字》，因为父亲写完这本书就病倒了，他这次到洛阳就是把这部书进献给皇帝。汉安帝一见，奉为奇书，也就从这时起，《说文解字》广为流传。

许慎（58-149），字叔重，东汉汝南召陵（今河南郾城县东 15 公里许庄）人，他对于文字一直有着深刻的研究，直到自己 40 岁时，开始作《说文·叙》，时间是汉和帝永元十二年（公元 100 年），于汉安帝建光元年（公元 121 年）完成，其间历时 22 载，写完已是 60 多岁的白发老头了。可以说，许慎穷尽自己一生中的黄金时间，完成了《说文解字》的写作和修订。

近现代汉语字典的雏形——《康熙字典》

清圣祖康熙大帝开创了"康熙盛世",将封建王朝推向了顶峰,是中华五千年历史上少有的明君之一。基本上每个中国人都听过康熙的历史功绩。

康熙名爱新觉罗·玄烨,是清朝建立后的第三位皇帝,14岁亲政,在位61年零10月,是中国历史上在位时间最长的皇帝。他在位期间在军事上对内平定了三藩、打败了噶尔丹,收复了台湾,对外打败了沙俄;在政治上,加强了中央集权;在经济上也取得了很大的发展,奠定了"康乾盛世"的基础。

康熙对于中华传统文化非常推崇,他不仅给予孔子和儒学前所未有的历史地位,而且下旨组织大臣编写《康熙字典》。

康熙四十九年(公元1710年),《康熙字典》由张玉书、陈廷敬等三十多名学者开始编撰,6年后完成。字典采用部首分类法,按笔画排列单字,分为上、中、下三卷,并按韵母、声调以及音节分类排列韵母表及其对应的汉字。每个汉字都注有这个字的全部意义,每个意义下面还附有例句。

这样的编排法,会不会让我们想到《辞海》《辞源》?事实上,《辞海》《辞源》等大部头辞书,在编排和体例上正是参照《康熙字典》完成的,甚至可以在某种意义上说,《辞海》《辞源》就是修订了的、符合现代人要求的《康熙字典》!

在《康熙字典》之前,"字典"被称为"字书"。中国的第一部字典性质的书是战国时期的《尔雅》,"尔雅"指"雅言",即在语音、词汇和语法等方面都合乎规范的标准语。《康熙字典》面世后,这类书才开始叫《字典》,这个称呼一直流传到现在，今天我们在书店可以买到各种各样的汉字辞书，比如《现代汉语词典》《新华字典》《古汉语词典》等，而在这些字典中，我们也都可以看到《康熙字典》的影子。

左图：康熙大帝；
下左图：《辞源》；
下右图：《康熙字典》。

链接

编撰过程中去世两位总纂官

　　《康熙字典》的总编撰陈廷敬，是清朝的著名宰辅，他原名陈敬，中间的一个"廷"字是康熙的父亲顺治皇帝所赐。顺治十五年（1658年），个性酒脱的陈敬在京城贡院考进士时还拿着酒，这一特立独行的举止引起了正在考场视察的顺治的注意，顺治当场要考官记下名字。发榜了，陈敬高中殿试第一名，顺治大喜，特赐字"廷"，希望他将来为朝廷多多效力。

　　本来，陈廷敬只是总纂官张玉书的助手，可就在《康熙字典》编撰的第二年，张玉书就病逝了，于是陈廷敬继任总纂官，他主持工作两年之后《康熙字典》书稿完成，康熙皇帝特别高兴，还让陈廷敬写序，哪知道，《康熙字典》还没正式出版，陈廷敬也去世了。

雕版印刷：古代的"互联网"

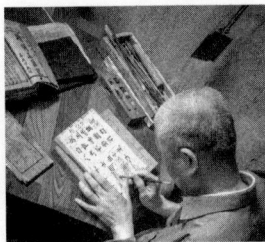

人类从20世纪90年代开始跨入互联网时代，生活方式发生了极大的改变，信息、空间、思路、观念等得到了前所未有的变革，地球似乎成了个大村庄。

1500年前，人类也曾经有过一次大的变革，重要性相当于人类进入互联网时代，非常高大上。这就是雕版印刷术的出现。

在雕版印刷术发明之前，人们看到的图书都是靠抄写流传的，无论文章典籍多长，都得一字一句抄写，费时费力，数量有限，还容易出错，难以满足人们对知识的需求。雕版印刷的出现，使快速、成本低、大量生产书籍成为可能，使得知识的传递出现了革命性的变化。所以，雕版印刷术开创了人类阅读的新纪元，是改变人类文明进程的一项伟大发明。

雕版印刷术始于7世纪的唐朝。汉字文化、雕刻技艺、笔墨纸张的发明和应用为雕版印刷术的发明提供了必要的条件。目前我们找到最早的雕版刻本是1966年在韩国发现的雕版《大陀罗尼经》，大约刻印于704–751年间。而收藏在英国伦敦博物馆的《金刚经》被认为是最早标有年代的雕版印刷品，这卷印品雕刻精美、清晰鲜明，可见当时的雕版印刷技术已达到较高水平。9世纪时，雕版印刷在我国已经应用得十分普遍。971年，张徒信雕刻《大藏经》耗时22年，共计1076部，5048卷，雕版达13万块，这是人类早期印刷史上最大的一部书。

明代学者胡应麟用一句话概括了雕版印刷的起源和发展："雕本肇自隋时，行于唐世，扩于五代，而精于宋人。"雕版印刷时间之长，在新中国成立后都经常能见到其身影，上世纪七八十年代电脑大规模普及前，很多单位油印文件以及小报小刊，运用的技术原理其实就是雕版印刷。

左图:金溪雕版印书;
下图:雕版印书《金刚经》。

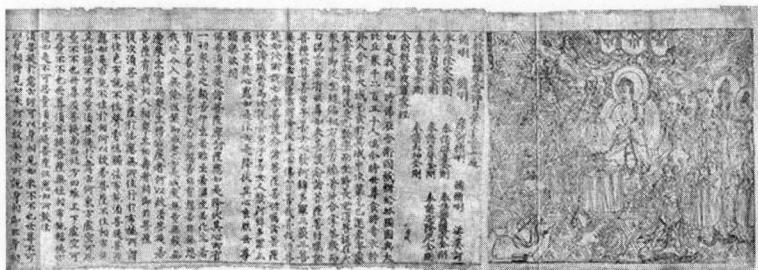

链接

临川才子金溪书

"临川才子金溪书",是中国文化界非常有名的一句熟语。"金溪书"指的就是江西抚州市金溪县浒湾镇的雕版印刷。浒湾镇作为当年江西四大名镇之一,是江南的刻书印书中心,明末至清朝数百年间,浒湾镇的图书业名扬天下,是江南地区最大的图书批销中心。《江西省地理志》记载"金溪浒湾男女皆能刻字",可见当时雕版刻书的繁荣盛景。浒湾雕版印书,款式大方,校勘精细,字体规范,装帧美观牢固,创出了"江西版"的美誉。

随着现代机械化浪潮的冲击,流传了两千多年的雕版印刷术也如夕阳西下,逐渐被人们遗忘,雕版印刷工艺濒临失传。今天的浒湾镇老街上,住着一位年近八旬的老人——金溪雕版印刷手工技艺第七代嫡系传承人王加泉,他非常担心这项传统工艺在自己手上失传,很希望能有徒弟来学这门手艺,将这项非物质文化遗产长久地保存下去。最近,当地政府已经意识到了这个问题,将雕版印刷工艺传承与文化旅游开发有机结合起来,金溪雕版印刷工艺后继有人。

书法是世界上一门独特的艺术

"袖里乾坤冲霁色，笔端风雨露芳华。"这是描绘、赞美我国书法艺术的一句歌词，形象地点明了汉字书法艺术的特征。

汉字书法是一门古老的艺术，从仓颉造字的那一天就开始了。从黄河流域考古发现的8000多年前的古陶器文开始，经甲骨文、金文演变而为大篆、小篆、隶书，至东汉、魏晋定型的草书、楷书、行书诸体，汉字在记录中国历史文化的同时，始终在以不同的风貌展现着中国特有的文字之美。

历代书法家在书写的过程之中，以笔墨营造出美妙的意境，为一笔一画注入独特的内涵，表现出了与中华传统文化一脉相承的精神。"晋人尚韵，唐人尚法，宋人尚意，元明尚态"。

博大精深的汉字书法艺术，根植于中华文化当中，历代艺术家们留给今人的不仅是一件件艺术珍品，更是承载了中国文字和历史的一种文化，一种追求，一种美的精神。从古至今，我国涌现了很多著名的书法大师，比如东晋"书圣"王羲之，唐代创立"欧体"的欧阳询，以"颠张醉素"著称的张旭和怀素，以"颜筋柳骨"闻名的颜真卿和柳公权，宋代四大书法家"苏轼，黄庭坚，米芾，蔡襄"以及擅写"瘦金体"的宋徽宗赵佶，元明之际的赵孟頫，董其昌，"清四家"刘墉，王文治，梁同书，翁方纲。

还有一些政治人物，因为成就太高，让人忽略了其书法成就，比如毛泽东，他的书法笔走龙蛇，大气磅礴，自成一体，堪称汉字书法艺术中的极品。

有趣的是，中国书法和中国画的运笔、用力都一样，所以很多书法家也是很高明的画家。只是，毛笔字写得好，一般画也画得很好；而光是画得好，字不一定写得很好。可见，这书法艺术真是奥妙无穷啊。

左图：毛笔；
下图：书法。

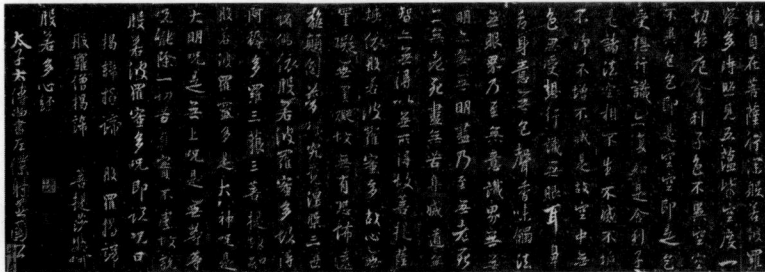

链接

暂时放下手机，练练字吧

每个年轻人都会打字，一个小小键盘，可以敲出宇宙乾坤，还能变换不同字体，宋体、魏碑体、楷体等等，很多字体其实都是有汉字书法原型的，所以，年轻人不妨多写写书法，练习一下这些字体。

年轻人学习书法好处太多。首先，练字可以锻炼耐心和毅力，培养自己坚毅、坚持的气质，这在当下社会中尤为重要；其次，练字可以感知中国古老的传统文化，可以与"文房四宝"多加亲近，培养自己的品格和情操；第三，练字也是一种高雅的嗜好，而且惠而不费，随时随地可以练习，可以练习毛笔字，也可以练习钢笔字，甚至用普通的水笔和铅笔都能练字；第四，写得一手好字，在社会上会让人刮目相看。字如其人，好字就如自己的名片，顿时让自己在社会评价体系中熠熠生辉，闪闪发光。

年轻的低头族们，暂时放下手机，来练练字吧。

《兰亭集序》的真迹在哪里？

"永和九年，岁末葵丑。暮春之初，会于会稽山阴之兰亭，修禊事也。群贤毕至，少长咸集。"这是《兰亭集序》中开篇朗朗上口的一段话。

《兰亭集序》是中国古代著名的散文作品，记叙了兰亭周围山水之美和好友聚会的欢乐之情，全篇共二十八行，三百二十四字。

《兰亭集序》的书法价值更是大大超过了其文学价值，它是"中国三大行书"之一，整幅作品蕴藏着作者王羲之圆熟的笔墨技巧、深厚的运笔功力、广博的文化素养和高尚的艺术情操，其笔法、结构、章法达到了中国书法艺术登峰造极的境界。

世间本应只有一本"书圣"王羲之的真迹《兰亭集序》，但是现存《兰亭集序》却有多个版本，其中最有名，公认最好的"仿本"是唐朝冯承素的摹本，因为卷首有唐中宗李显的神龙年号小印，故称"神龙本"，现藏于故宫博物院。

也就是说，现存的《兰亭集序》都是"仿冒"的。那么，《兰亭集序》的真迹在哪里呢？

多年来，文化界有很多猜测，其中得到最多人支持的说法有二：一个，说是藏在唐太宗李世民的墓中。因为李世民特别爱好书法，尤其爱王羲之的书法，使用惊天计谋才得到。若干年后，唐太宗死前遗诏说要将《兰亭集序》放在他枕头底下，所以当时安排殉葬工作的大臣将《兰亭集序》和唐太宗李世民一起葬在了昭陵。第二个说法，真迹藏在唐高宗和武则天合葬的墓中。因为五代时期唐太宗昭陵被温韬所盗，但盗取的宝物中并没有《兰亭集序》，所以藏于唐宫里《兰亭集序》的真迹很可能被同样爱好王羲之书法的武则天带入了乾陵，永远陪伴这位大气、霸道的女皇。

左图：王羲之像；
下图：《兰亭集序》
神龙本。

链接

李世民智盗《兰亭集序》

唐太宗李世民是个书法爱好者，也是王羲之的"铁杆粉丝"，他智取《兰亭集序》的故事千古流传。

话说某一日，李世民听说王羲之的《兰亭集序》在浙江天台山的辩才和尚那里，便多次派人去索要，辩才和尚一直推托没有这幅作品也不知下落。李世民多次索要无果，便想了一条计策，派爱好棋艺的监察御史萧翼装扮成书生的模样去接近辩才和尚。

萧翼和同样喜爱围棋的辩才和尚谈棋艺谈得很是投机，又连下了好几天棋，和辩才混得很熟后，萧翼故意拿出几件王羲之的书法作品给辩才欣赏。和尚看过说："这几件作品确系王羲之真迹，但我有他一幅特别完美的书法作品。"萧翼追问，辩才和尚神秘地说是《兰亭集序》，萧翼故意装作不相信，说此帖早已失踪了，辩才和尚中计，将藏在屋梁上的真迹取下给萧翼观看，萧翼一看，确认是真迹，立马放入自己袖中，并向辩才和尚出示了唐太宗的"诏书"。辩才和尚才知道自己上了大当。

就这样，《兰亭集序》被唐太宗李世民请回了皇宫。

清·丁观鹏《摹顾恺之洛神图卷》

洛神赋　三国·曹植

　　余告之曰："其形也，翩若惊鸿，婉若游龙。荣曜秋菊，华茂春松。仿佛兮若轻云之蔽月，飘摇兮若流风之回雪。远而望之，皎若太阳升朝霞；迫而察之，灼若芙蕖出渌波。秾纤得衷，修短合度。肩若削成，腰如约素。延颈秀项，皓质呈露。芳泽无加，铅华弗御。云髻峨峨，修眉联娟。丹唇外朗，皓齿内鲜，明眸善睐，靥辅承权。瑰姿艳逸，仪静体闲。柔情绰态，媚于语言。奇服旷世，骨像应图。披罗衣之璀粲兮，珥瑶碧之华琚。戴金翠之首饰，缀明珠以耀躯。践远游之文履，曳雾绡之轻裾。微幽兰之芳蔼兮，步踟蹰于山隅。

第
八
编

文学艺术

《诗经》是部什么书

《诗经》，是我们每个读书人学到的第一篇古文。

《诗经》，也是中国历史上第一部诗歌总集，收集了西周初年至春秋中叶（前11世纪至前6世纪）的诗歌共311篇，内容丰富，包括农事、婚姻爱情、战争徭役、怨刺、祭祖、宴飨，以及天象、地理、动植物等各方面，真切地反映了周代的社会面貌。《诗经》六义：风、雅、颂、赋、比、兴，可都是中学语文课上必须牢记的知识点。

作为反映周代生活的百科全书，《诗经》有着丰富的内容，有被认为是周族史诗的《生民》《公刘》，有《豳风·七月》这样优秀的农事诗，有《小雅·鹿鸣》这样的燕飨诗，也有很多表现对社会现实不满的怨刺诗。而《小雅·斯干》是一首祝贺宫室建成的诗歌，其中"弄璋之喜"，常常被用来祝贺一个家庭生了男孩子，而"弄瓦之喜"，则常常被用来祝贺生了女孩子，《诗经》里这样的典故比比皆是，甚至有很多人取名字，就用《诗经》里的典故，比如静姝、燕飞、巧倩等，都是非常有内涵的女孩子名字。

几千年来，《诗经》对社会生活的影响无所不在，比如"执子之手，与子偕老"原本说的是战友之情，今天被引用来描述爱情；比如"青青子衿，悠悠我心"本是情人刻骨相思之意，却曾被曹操借用来表示求贤；比如邓丽君著名的歌曲《在水一方》，就是使用了《诗经》里非常著名的一首《蒹葭》，优美的旋律和着经典的文字，几十年来一直流淌在人们的心中。

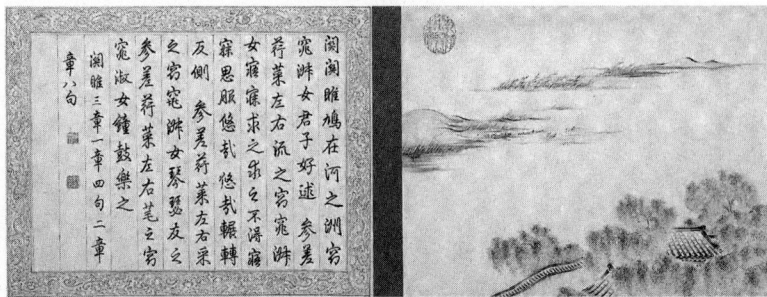

链接

如果他不理你，怎么用《诗经》怼他？

《诗经》里最重要的部分，就是描写爱情，比如《子衿》这样的刻骨相思之篇，比如"窈窕淑女，君子好逑"这样的大胆表白。

更重要的是，《诗经》里还有很多有趣的情话，如果对方不回你的信息不理睬你，你可以甩出几句《诗经》怼他，那就太酷炫了。比如，你可以说"子不我思，岂无他人？狂童之狂也且！"（《郑风·褰裳》），大意是：你不想我，难道没有别人来想我？你真是个大傻帽！这诗的前两句"子惠思我，褰裳涉溱"意思是：你若爱我想我，赶快提起衣裳蹚过溱河来看我吧。这几句合起来，既谴责了对方的不够真诚热烈，又表现了你的深深思念，是不是很贴切，又能显示你的水平？这时，对方也许会说"岂不尔思，室是远而"（不是我不想念，而是离得太远了），那你就回答"未之思也，夫何远之有？"（这是没有真的思念，若是真心，距离不是问题）。

当与恋人分别的时候，你若是觉得说"一日不见，如三秋兮"（《王风·采葛》）太普通了，那就说"自伯之东，首如飞蓬。岂无膏沐，谁适为容？"（卫风·伯兮）。

传统文化浸润很深的金庸大侠的作品中多次引用《诗经》里的爱情典故，比如《神雕侠侣》中，程英对杨过说"既见君子，云胡不喜"，便出自《郑风·风雨》："风雨如晦，鸡鸣不已。既见君子，云胡不喜。"，充分描写了妙龄男女间的情意。

熟读了《诗经》，你的情感生活也许会更加有趣呢，不是吗？

"离骚"两个字应该怎么解读?

"路漫漫其修远兮,吾将上下而求索",这个脍炙人口的名句来自屈原所作的《离骚》。

《离骚》是屈原的代表作,是他自叙生平的一首长篇抒情诗,是我国古代诗歌中最长的抒情诗。全诗共373句,2490字。

那么,屈原为什么要将此诗取名为《离骚》呢?

关于"离骚"这个名称,历来有很多解读,对其真实含义,一直众说纷纭,从汉至今,也没有定论。从现今我们已能掌握的文史资料来看,学界对"离骚"二字的解释大概有如下四种:

第一种,遭忧之说。司马迁在《史记·屈原列传》中说:"《离骚》者,犹离忧也。"意思说由于楚怀王昏庸,屈原遭到打击,离开朝廷,离开怀王,忧愁幽思之下而作《离骚》。"离骚"的字面意思,就是离开后的忧愁。

第二种说法,别愁之说。东汉王逸《楚辞章句》说:"离,别也,骚,愁也,经,径也。"把"离骚"解释为"别愁",这其实是在司马迁释义的基础上有所发挥,更能契合屈原当时的遭遇。

第三种说法,歌曲名。著名文学史大家、楚辞学专家游国恩教授在《屈原》一书中说:"我很疑心它是楚国一种歌曲的名称。当时楚国流行的歌曲很多,古书《大招》一篇提到楚国有《劳商》之曲。'劳商'二字与'离骚'二字发音古时很相近,或者就是一个名词的异写。"

第四种说法,牢骚说。这种说法也以游国恩先生为代表,他在《屈原》一书中写道:"汉代扬雄曾经摹仿《离骚》,作了一篇《反离骚》,又摹仿《九章》各篇,名曰《畔牢愁》。'畔'与反叛的'叛'字通用,'牢愁'即'牢骚',故《畔牢愁》也就是《反离骚》。屈原为了国家人民而遭放逐,牢骚不平之气当然是会有的。"

以上四种观点,您支持哪一种呢?

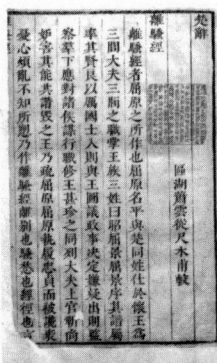  

链接

那也是个看脸的时代

现在的影视剧，捧红了很多小鲜肉，不管演技怎么样，长着一张帅气的脸，便可以拿到数千万甚至上亿的片酬。难怪很多前辈艺术家纷纷吐槽："这是一个看脸的时代。"

爱美之心，人皆有之。欣赏颜值，是人的天性，自古有之。屈原不光满腹才情，而且长相十分俊朗。与他同时代的老乡宋玉，更是一位美男子，不仅有貌，还很有才。《登徒子好色赋》一文说宋玉："为人体貌闲丽，口多微辞"，长得漂亮，口才又好，邻家一位貌美的少女，竟然暗恋宋玉3年。

还有一位西晋人潘安，也是帅得不像话，据说年轻时候的潘岳坐车出游时，惹得不少妙龄少女竟相围观，有些胆大的还紧紧跟随，甚至将水果丢进车里。由此得到一个成语"貌似潘安"。

此外，春秋时期郑国的子都、西晋的卫玠、东晋著名诗人嵇康、北齐赫赫有名的猛将兰陵王高长恭都是古代著名的美男子。他们的美，或玉树临风，或清新俊逸，或音容兼美……究竟是如何美出天际，留待后人去想象吧。

有音乐节奏般的短文——辞赋

　　中华文化上下五千年，留下了数不清的脍炙人口的诗词歌赋。最近，央视继《中国诗词大会》《朗读者》后，又推出了一档文化栏目《经典咏流传》，将古诗词和音乐结合起来，深受观众好评。

　　也许我们的先辈们早有先见之明，两千多年前的古代文坛，就有"诗、词、曲、赋"并称之说。其中的"赋"就是我们现在所说的辞赋，是一种特殊的文学形式，世界上其他国家都没有产生过。从外表上看，它非诗非文；从内容来说，则有诗有文。它不同于诗歌的抒情，也不同于散文的叙事和说理，是一种富有文采、韵节、兼及铺张、扬揄，介于诗文之间的特殊文体，难怪我国著名教育家，古典文学家郭绍虞先生把赋概括为跨诗与文的"两栖动物"。

　　赋产生于战国后期，以荀卿和宋玉为代表，他们是最早以"赋"命名的作家。此后的两千多年间，赋在不断发展，几经变化，大体经历了骚赋、汉赋、骈赋、律赋、文赋五个阶段。在长期的发展中，赋形成了自己的特点，归纳起来，主要有以下几点：

　　第一，赋必押韵。赋亦诗亦文，在体制上要求押韵，不押韵就不能称为赋。不过，赋的押韵不像诗那么严格，无须一韵到底，也可以平仄兼押。

　　第二，讲究对仗。写赋时最早使用对仗的是西汉王褒的《洞箫赋》。此后，东汉班固的《两都赋》，张衡的《二京赋》，在对仗上都下足了功夫。魏晋赋中使用偶句越来越多，如曹植的《洛神赋》："其形也：翩若惊鸿，婉若游龙；荣曜秋菊，华茂春松。仿佛兮若轻云之蔽月，飘摇兮若流风之回雪。"到了南北朝，因为骈赋的出现，作品中的偶句倍增，有的作品更是一骈到底。

　　此外，赋作为介于诗与文之间的一种特殊文体，写作上的最大特点就是铺张陈设，在描绘事物时，多用夸饰手法，极力渲染，从而给人们留下深刻印象。同时，赋也最讲究辞采，追求文雅，善用典故。南北朝庾信的名篇《哀江南赋》，辞采华丽，融叙事、描写、抒情、议论于一体，仅用典就有一百多处，可谓空前绝后，无人比肩。不过，辞赋越到后期，过于华丽花哨的辞藻越少，比如唐代的《滕王阁序》，诗人更多流露的是真情，从而千古流传。

下图:《洛神赋图》之五。

链接

《洛神赋》可以勾起你的美梦

1700 多年前的曹植，用他的《洛神赋》为我们塑造了一位集自然界与人世间所有美的女神。

《洛神赋》原名《感甄赋》，是 221 年曹植被曹丕封鄄城（也作甄城）侯，第二年朝京返回时所作。此赋以浪漫主义的色彩，叙写人神相恋，终因人神道殊，含情痛别的故事。

《洛神赋》既表现了洛神的旷世之美，也传达了人神之间爱而终不能相守的遗憾与惆怅。曹植借《洛神赋》宣泄自己内心的苦闷，以人神相恋的故事获得精神上的慰藉和情感的补偿。

东晋画家顾恺之拜读了曹植的《洛神赋》后，对故事中的美人美景念念不忘，有感而作《洛神赋图》，就连乾隆皇帝见了此画后也拍案叹服。

唐诗，汉语诗歌的巅峰

　　日照香炉生紫烟，遥看瀑布挂前川。

　　飞流直下三千尺，疑是银河落九天。

　　这首脍炙人口的诗歌，便是唐代"诗仙"李白的代表作《望庐山瀑布》，这首诗不仅中国人人人会背诵，就连日本的小学课本里也收入，称得上是一首世界性的佳作。唐诗的影响力可想而知。

　　唐诗，继承了汉魏民歌、乐府和南朝出现的近体诗的传统，将我国古曲诗歌的音节和谐、文字精练的艺术特色，推到了前所未有的高度。

　　唐诗的繁荣，与当时的社会背景密不可分，主要有三点：1.唐代是我国经济高度繁荣时期，文化上开明包容，兼容并蓄，对儒家、释家、道家等均有提倡和扶持，并允许外来宗教在国内传播；2.唐代统治者较为开明，极少存在文字狱的情况，这就极大地解放了诗歌的题材与内容，对社会问题刻画的深刻尖锐，既保证了诗歌的艺术性，又保证了诗歌的思想性；3.自隋代开始的科举取士制度，至唐代成熟，诗赋成为科举的考试项目之一，极大地促进了读书人创作诗歌的热度。

　　整个李唐王朝，诗风盛行，从庙堂到民间，都有斗诗饮酒的习俗，几位风雅之士聚合在酒肆之中，互作诗篇，以诗就酒，诗歌溢才，美酒飘香，狂放狷介，借酒疯癫，好个快意人生。

　　唐诗始于初唐，盛于中唐，而衰于晚唐。安史之乱后，大唐由盛转衰，经济上的繁荣及政治上的开明渐渐不复存在。随着政治的腐败，应制诗愈发流行，唐诗逐渐演变成谄媚及党争的工具，思想艺术水准一落千丈。公元907年，大唐王朝灭亡，此后的五代十国及宋元明清诗歌虽说依旧佳作频频，但无论是从创作风气还是从艺术性而言，都无法与大唐盛世唐诗那花团锦簇般的繁荣场面相比了。

　　唐诗大家众多，初唐的王勃，骆宾王，中唐李白、杜甫、白居易、孟浩然、王昌龄、王维，晚唐李商隐、杜牧等，我们都读过他们的诗作。历史上介绍唐诗的著作也很多，著名的有《唐诗三百首》和《全唐诗》等。

下左图：李白醉卧图；
下右图：南朝音律学家沈约。

链接

汉语音律的由来

　　唐诗、宋词的抑扬顿挫和平仄格律，凸显了汉语的音律之美。那么，汉语音律是怎么来的呢？

　　南朝齐永明年间，佛教盛行，从印度传来的梵呗（在佛前歌诵、修持的声音）在社会上广为流传。随着梵呗的流行，印度梵音学传入我国。南齐著名文学家、音律学家沈约，在与友人周颙等互相联句赠答、探讨诗艺中，结合印度梵音学，终于发现了汉字的四声，并以"四声八病"的原则进行了总结。

　　陈寅恪先生在《四声三问》中写道："所以适定为四声，而不为其他数之声者，自为一类之入声，复分别其余之声为平上去三声……但其所以分别其余之声为三者，实一句及摹拟中国当日转读佛经之三声。"

　　汉语音律的完善是汉语发展史上里程碑式的重大事件，也为讲究平仄和格律的近体诗的出现奠定了基础。

什么是满江红？什么是水调歌头？

　　"怒发冲冠，凭栏处，潇潇雨歇。"这首岳飞的《满江红》，堪称中国古代最著名的爱国诗篇，影响了后世千百年。面对外敌入侵时，多少中华壮士高吟着："壮志饥餐胡虏肉，笑谈渴饮匈奴血"，冲上战场，前赴后继地与敌死战！

　　《满江红》，代表着宋词的巅峰！

　　而宋词，与唐诗一样，代表着中国古典诗词的巅峰！

　　有很多人喜欢填词，那么，词，是怎么来的？词牌又是什么意思呢？

　　词，又叫乐府，长短句。始于南朝，定形于中晚唐，艺术水准在宋朝达到巅峰，所以世人谈到"词"，一般指的就是宋词。

　　宋词有很多词牌，这是因为不管唐诗还是宋词，其实就是古人的歌曲，都有一定的字数、节奏和韵律，因为是要供演唱的，比如唐诗的七绝，七律，宋词更是这样，不同的词牌，其段数、句数、字数、句式、韵律都不一样，所以，写词就是按照词牌的要求，往里面填词。长短节奏，平仄音律，别有一番境界。

　　那么为什么叫词牌呢？是因为词面世不久，文人雅士会将许多词的名字，写在一块小竹牌上，放入锦袋，文友间聚会舞文弄墨时，随便抽出一个，根据词的格律即兴填词，久而久之，就叫作词牌了。

　　宋朝的词牌名有1000多个，主要来源有三个，1.是原本乐曲的名称，比如《菩萨蛮》《西江月》《蝶恋花》等，有的来自民间，有的来自宫廷；2.摘取一首著名词的几个字作为词牌，例如，因白居易词《忆江南》最后一句"能不忆江南"而得名；第三，词牌名就是吟咏一种现象或者活动，比如《浪淘沙》咏的是浪淘沙，《更漏子》咏夜，《抛球乐》咏抛球，等等。这是最普遍的词牌得名。

　　每个词牌字数不一样，58字以内为小令，59至90字为中调，91字以上为长调。有趣的是，其中词牌凡带"令""引""破""慢"的，均与酒令相关。

苏东坡, 岳飞, 辛弃疾, 李清照等, 都是宋朝的著名词人, 留下了无数千古绝句。

下图: 卓越的宋朝女词人李清照。

链接

光辉灿烂的宋朝文化

有人说, 公元 960 年至 1279 年的宋朝, 是中国文化发展的最高峰期。

这话不无道理。赵宋王朝 319 年的历史, 文化兴盛, 人才辈出, 宋词、话本小说、绘画、书法、音乐、民间艺术都发展到了巅峰; 思想活跃, 私学兴盛, 大儒频出, 程朱理学深入人心; 科技发达, 传播力剧增, 活字印刷术发明; 大思想家、大文学家辈出, 朱熹, 陆象山, 程颐程颢兄弟, 周敦颐, 范仲淹, 王安石, 欧阳修, 三苏, 曾巩, 司马光, 李清照, 文天祥, 辛弃疾……宋朝的经济繁荣和思想文化比欧洲十四世纪至十五世纪的文艺复兴思想启蒙早了两三百年。

这种现象的出现, 应归于统治阶级的宽政。宋太祖开国后即立下家规, 子孙后代不准杀一个文人。于是, 大家思想解放, 言者无罪, 创新开拓, 造成了经济繁荣, GDP 总量创下纪录, 是全世界其他国家总和的两倍, 民间富庶。大抵因为钱多了, 不愁吃穿, 从皇帝到平民都很认真地研究起了艺术, 才有了熠熠生辉的宋朝文化!

元曲，源自胡曲的通俗文艺

枯藤老树昏鸦，
小桥流水人家，
古道西风瘦马。
夕阳西下，
断肠人在天涯。

这首著名的《天净沙·秋思》是元曲作家马致远的小令，因词调优美，意境深远，被后人反复吟诵，成为中国文学宝库里的著名篇章。

元曲，是盛行于元代的一种文艺形式，包括杂剧和散曲。杂剧，又称北杂剧、北曲，最初出现于宋代，本来是以滑稽搞笑为特点的一种表演形式，至元代发展成戏曲形式，每本以四折为主，在开头或折间另加楔子，每折用同宫调同韵的北曲套曲和宾白组成，如关汉卿的《窦娥冤》等，流行于大都（今北京）一带。至明清两代，杂剧也有流行，但体例更加自由，每本不限四折。散曲，又称越富，是盛行于元、明、清三代的没有宾白的曲子形式，内容以抒情为主，有小令和散套两种。

元曲的前身是"蕃曲""胡乐"，深受西域和游牧文化的影响，带有浓厚的少数民族的特点，与源自中原文人墨客的诗词不同。随着元灭宋入主中原，元曲先后在大都（今北京）和临安（今杭州）为中心的南北广袤地区流传开来。

相较于体制严苛的近体诗，元曲在形式上更加自由，自由度较宋词更高。以散曲为例，虽然每一曲牌的句式、字数、平仄等都有固定的格式要求，但并不如宋词般死板，不仅允许在定格中加衬字，部分曲牌还可增句，押韵上也允许平仄通押。故而，在元曲中同一首"曲牌"的两首有时字数不一样，是常见的事情。

元曲的兴起对于我国民族诗歌的发展、文化的繁荣有着深远的影响和卓越的贡献，它继承了诗词的清丽婉转，并将现实主义的批判手法发扬到了一个新的高度，在思想内容和艺术成就上都体现了独有的特色，和唐诗宋词明清小说鼎足并举，成为我国文学史上的重要篇章。

下图：关汉卿和他的作品《窦娥冤》。

链接

元曲中的爱情元素

元朝，是第一个统治中华民族传统中原地区的北方少数民族，元曲的风格带有明显的北方豪迈的特点，尤其表现在描写爱情的作品中，词句远比历代诗词大胆。

比如徐再思的《折桂令·春情》"平生不会相思，才会相思，便害相思。身似浮云，心如飞絮，气若游丝。空一缕余香在此，盼千金游子何之。证候来时，正是何时？灯半昏时，月半明时。"以"春情"为题，大胆地描写妙龄少女对于情郎的思念，少了许多婉约，多了几分豪放。

再比如关汉卿的《大德歌·春》"子规啼，不如归，道是春归人未归。几日添憔悴，虚飘飘柳絮飞。一春鱼雁无消息，则见双燕斗衔泥。"作者以一位闺中女子的口吻，透骨地抒发了其久久盼望离人归来，而屡屡失望的相思之苦。

小说，一开始并不入流

　　以文学作品的形式来梳理几千年来中国文学的发展史，就是朗朗上口的20个字：诗经，楚辞，先秦散文，汉赋，唐诗，宋词，元曲，明清小说。这是一条"文化链"，概括出华夏神州为人类社会贡献出的精神财富。

　　从这条"文化链"可以看出，小说形成的时间是最晚的。

　　当然，小说也是当今最受欢迎、也最重要的一种文学体裁。

　　可是，小说一开始是不入流的，相对于诗词歌赋的"阳春白雪"，小说起初只是典型的"下里巴人"。

　　小说的源头来自于寓言故事，先秦时代，民间就有不少神话小故事，比如精卫填海，愚公移山，有情节，有人物，有矛盾冲突，表现出微型小说的雏形；到了魏晋时代，有一些文人或佛教徒，对古代神话传说进行加工，创作了许多神仙鬼怪小说。发展到了唐代，一种新的文体出现了，这种文体用文言写就，篇幅不长，除记述神灵鬼怪外，还记载了人间的各种世态，反映面较过去远为广阔，具有浓郁的市井色彩，较之前的志怪故事要精彩得多。这种文体叫传奇，是小说这一文学体裁的雏形，对后世文学发展产生了巨大影响，元稹《莺莺传》、白行简《李娃传》和蒋防《霍小玉传》都是出色的传奇作品。不过，由于当时占社会主流的文体是诗歌，皇帝自己都是狂热的诗歌爱好者，所以，传奇这一文学体裁并没有很高大上地登堂入室，而仅仅是在民间流行着。

　　到了宋代，商品经济高度发展，市民生活空前繁荣，民间艺人有了"说话"形式——用白话讲故事给老百姓听。记录这些故事的话本，就是白话小说。到了元末明初，一些文人也开始用白话创作小说，出现了许多优秀的短篇小说和章回体的长篇小说。元末明初，我国的白话小说进入了成熟阶段，小说才开始真正步入文学殿堂，也涌现出了四大名著，达到前所未有的高度。

下图：四大名著。

链接

除了四大名著，有没有第五大名著

中国古典四大名著是指《三国演义》《水浒传》《西游记》《红楼梦》。中国古代小说创作非常丰富，除了这四大名著，还有没有可与之比肩的第五大名著呢？

明朝曾有"四大奇书"一说，分别是《三国演义》《水浒传》《西游记》《金瓶梅》。《金瓶梅》虽然有些文字描写太过露骨，但在中国文学史上的地位是不容抹杀的。现今很多学者认为，四大名著之外如果评第五大名著，非《金瓶梅》莫属。

除了《金瓶梅》，还有一些优秀的小说作品也可以竞争第五大名著，比如《聊斋志异》。不过细究起来，四大名著都是长篇小说，而《聊斋志异》是短篇小说集，在文体上似乎有点不合适。还有一部清朝的长篇小说《儒林外史》需要提一下，没有哪部书能将古代中国知识分子的德行写得如此活灵活现，至今也有很强的现实意义。《儒林外史》也是很有竞争力的作品。

南昌的湾里原来这么重要

南昌西北的湾里身处西山，风景优美，环境宜人，2016年初被授予国家级生态区的称号。很多到南昌游玩的游客都喜欢去湾里呼吸山里空气，品尝农家美食。

可是，很多游客并不一定知道，湾里还是中国音乐的诞生地！

湾里西山洪崖丹井风景区门口，有一座手持乐器的雕像，这个人就是伶伦。伶伦是四五千年前黄帝的乐官，是发明律吕并据以制乐的始祖，是中国音律的创始人，也就是中国音乐的始祖！他曾在湾里的洪崖丹井瀑布山涧中凿井炼丹，最后成仙而去。《吕氏春秋·古乐》载"昔黄帝令伶伦作为律"，说伶伦模拟自然界的凤鸟鸣声，选择内腔和腔壁生长匀称的竹管，制作了十二律吕，包含着"雄鸣为六"的6个阳律，"雌鸣亦六"的6个阴律。中国音乐界自伶伦作《咸池》起，始有专用乐名，直到现在人们还用"黄钟大吕"来形容音乐。因此，湾里是中华民族音乐的发祥地。

相传西山"九龙聚首、凤凰饮水"，被誉为"钟灵毓秀""西江胜地"。明代冯梦龙在其《警世通言》"旌阳宫铁树镇妖"一篇中，将西山的梅岭与国内名山逐一比较，把梅岭描绘成"天下无双景，江西第一名山"。

西山，又称飞鸿山、伏龙山、南昌山、散原山、厌原山、逍遥山，因梅福退隐此山，改称"梅岭"，这也是目前最普遍的称呼。西山山脉呈纺锤形，绵亘百余公里，吸引了许多名人赏游。除了伶伦，还有道教天台山之神的周灵王太子晋、春秋时期吹箫弄玉的萧峰、西汉末年的南昌县尉梅福、东汉开国功臣高密侯邓禹、汉末三国葛玄及侄孙葛洪、晋朝许逊、唐朝长庆年间的施肩吾等灵迹仙踪，络绎不绝。宋朝刘克庄有《西山》诗云："绝顶遥知有隐君，食芝种地鹿为群。多应午灶茶烟起，山下看来是白云。"写的便是西山群峰上的仙人游踪。

链接

萧史弄玉在西山

  金庸著名小说《笑傲江湖》第二十七回"三战"中有一个著名的情节：岳不群与令狐冲对战，不是对手的岳不群卑鄙地想用女儿岳灵珊来扰乱令狐冲的心神，从而战胜对手，于是，对令狐冲用了招式"萧史乘龙"，意思就是用这个成语的典故，暗示自己会允许令狐冲当自家女婿。

  "萧史乘龙"的故事是这样的：萧史，西山人，善吹箫，经常吹得凤凰徘徊不走。西山萧峰就是萧史吹箫引凤处。弄玉，是秦穆公的女儿，酷爱音乐，尤喜吹箫，一晚梦见一个英俊青年吹箫动听，第二天循迹寻去，在华山果见一帅哥吹箫，正是萧史，二人情投意合，结为夫妇。萧史告诉弄玉自己是上界仙人，以箫声作合，今龙凤来迎。于是两人分别乘上龙凤，飘然而去。从此得了几个著名的成语：萧史弄玉，萧史乘龙，乘龙快婿。

二胡真的来源于胡地吗？

1978年6月，日本著名指挥家小泽征尔来到中国，指挥中国中央乐团演奏弦乐合奏《二泉映月》获得巨大成功。第二天，他专门来到中央音乐学院听二胡独奏的《二泉映月》，随着旋律主题的渐强，小泽满面流泪，直至跪下，说："这首曲子是东方人的骄傲，只能跪下来听才表示尊敬。"从此，小泽拒绝指挥任何不用二胡表演的《二泉映月》。

《二泉映月》是瞎子阿炳的代表作，也是中国的二胡传统名曲。

二胡，即二弦胡琴，又名"南胡""嗡子"，至今已有一千多年的历史，在中国非常普遍。

既名"二胡"，这种乐器真的来自胡地吗？

是真的。据考证，二胡最早发源于我国唐朝时古代北部少数民族"奚"的乐器"奚琴"，宋朝学者陈旸《乐书》中记载"奚琴本胡乐也……"，明确指出了二胡是来自胡地的乐器，后又名"嵇琴"。唐代诗人岑参"中军置酒饮归客，胡琴琵琶与羌笛"的诗句，也说明胡琴在唐代就已经开始流传。元朝《元史·礼乐志》所载"胡琴制如火不思，卷颈龙首，二弦用弓掗之，弓之弦以马尾"进一步解释了胡琴的制作原理。

元明清时期，戏曲、曲艺艺术大发展，民间乐器随着"勾栏""瓦舍"的兴起也发展了伴奏乐器。其中最主要的乐器是源自蒙古、西域的马尾胡琴（又称二弦琴），经与前朝留下的嵇琴、轧筝融合，发展出新的胡琴。

胡琴发展到了后来，由于地方戏唱腔风格需要，又逐渐分化，出现了配合秦腔、豫剧的板胡，配合京剧、汉剧的京胡，河南坠子需要的坠胡，广东粤剧需要的高胡，潮剧需要的椰胡，湖南花鼓用的大筒，蒙古说唱用的四胡等。

到了近代，胡琴更名为二胡，半个多世纪以来，二胡艺术水平发展很快，刘天华、阿炳都是著名的二胡演奏大师。

不光二胡，中国民间最常见的唢呐也是来自于异域，公元三世纪从阿拉伯一带传入。大家看中国足球队与西亚球队的比赛，满场都听到呜里哇啦的管乐声，那其实就是唢呐。

下左图：二胡；
下右图：胡萝卜炒洋葱。

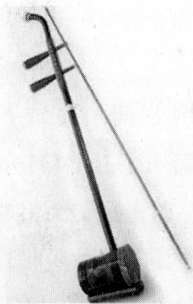

链接

这些"胡""洋""番"的食物

我们都吃过不少带"胡"字的食物，如胡萝卜、胡椒、胡桃、胡豆，我们还常常吃带"番"字和"洋"字的食物，比如番茄、番薯、番石榴、番木瓜、洋葱、洋姜、洋芋、洋白菜（卷心菜）等。

没错，这些食物和二胡一样，都是异域的舶来品，比如"胡"系列，大多为两汉两晋时期由西北陆路引入；"番"系列大多为南宋至元明时期由"番舶"从海上带入；"洋"系列则大多由清代乃至近代引入。

比如我们特别熟悉的胡萝卜，原产于西亚阿富汗。李时珍记载：胡萝卜"元时始自胡地来"。我们常吃的番茄，原产于秘鲁，康熙年间的书籍《广群芳谱》称其为"番柿"。又如洋葱，原产于中亚、西亚，《岭南杂记》记载洋葱由欧洲人传入澳门，之后引进广东一带。洋葱在欧美国家是最常见的食品，基本每食必放，到了不放洋葱不会做饭的地步。

为什么京剧成了国剧？

2010年11月16日，京剧被联合国教科文组织列入"人类非物质文化遗产代表作名录"，这意味着京剧已经成为我们国家一张重要的文化名片。

京剧最早起源于民间，它的前身是南方流行的徽剧。清代乾隆五十五年（1790年），一直在南方表演的三庆、四喜、春台、和春四大徽班陆续进京表演。徽剧进京后，吸收众多地方剧种的优点，又融入当地的语言，发展成了一种全新的表演风格，深受北京观众的喜爱。道光年初（1821年），汉剧演员先后入京搭入徽班春台、和春班表演。汉剧的加入，丰富了徽剧的声腔曲调，为京剧的诞生奠定了基础。1840-1860年间，集各种戏曲之长的京剧终于真正形成，清光绪二年（1876年）的《申报》首次出现了"京剧"的称呼，之后又得名"京戏""国剧"。

创始期的京剧剧本内容范围逐步扩大，以政治、历史剧题材为主，在语言上使用全国通用的官话进行表演，这样便于传播，演出形式、舞台、服装、化妆、道具等方面都趋于规范化。

京剧是一门综合性表演艺术，集"唱、念、做、打"四种艺术手段为一体。"唱"指的是演唱；"念"指具有音乐性的舞台语言，分为"京白"和"韵白"；"做"指舞蹈化的形体动作，包括身段和眼神；"打"即将京剧中的武术、杂技舞蹈化。

京剧的发展过程，其实就是一个不断吸收我国优秀传统艺术的过程。作为一门综合性表演艺术，它海纳百川，不仅继承了古代戏曲的精髓，还融入了徽剧、秦腔、汉剧的元素和特点。京剧虽然只有两百多年历史，但是它的核心却是两千年的中国文化。它的艺术形式、它的韵律、它的舞蹈、它的服装都融合了传统文化的特点，与其说它是一门剧种，倒不如说它是一部中华文明的百科全书，称它为国剧，国粹，当之无愧！

左图：梅兰芳；
下图：晚清出现的京剧人物写生画像《同光十三绝》。

链接

世界的梅兰芳

对京剧稍有了解的人，都应该听过四大名旦"梅、尚、程、荀"，为首的"梅"，就是梅兰芳。

梅兰芳（1894-1961），名澜，字畹华，江苏泰州人，兰芳是他的艺名。他出生于京剧世家，8岁便到戏班子拜师学艺，10岁便开始登台表演，17岁时在北京"文明茶园"出演《玉堂春》，凭借宛如莺啼的美妙嗓音惊艳四座。后不久，在上海著名的丹桂戏院表演，以俊雅的扮相、新颖的唱腔以及融入人物形象的表演，在上海一炮打响。1919年至1935年间，梅兰芳曾先后到日本、美国、苏联等国家演出，享有极高的国际声誉。

梅兰芳和苏联的斯坦尼斯拉夫斯基，德国的布莱希特并称为世界戏剧三大表演体系。

梅兰芳在五十多年的舞台生活中，发展和提高了京剧"旦角"的表演艺术，并形成了独具代表性的京剧艺术流派"梅派"。"梅派"将京剧不断进行创新和发展，使京剧的表演艺术提高到了一个全新的水平。

博大精深的中国戏曲

逢年过节,许多中国乡村都会请来戏班子,唱起大戏,锣鼓喧天,彩旗飘扬,人山人海,非常热闹。

中国戏曲有广博深厚的群众基础,从北到南的中国乡村,遍布着大大小小的戏台,许多中国人对于世情、社会的感受,就是从这些穿着花花绿绿戏装,或文唱或武打或悲情或嬉笑的民间戏剧中开始的。

中国戏曲发展至今已有800年历史,种类多达360种,比较流行的剧种有京剧、昆曲、越剧、豫剧、湘剧、秦腔、川剧、评剧、晋剧、汉剧、赣剧、潮剧、闽剧、河北梆子、黄梅戏、湖南花鼓戏、二人台、高腔、梨园戏等五十多种。其中的京剧、越剧、黄梅戏、评剧、豫剧是中国五大戏曲剧种。

中国戏曲的源头是先秦时代的"优",优,就是戏谑的意思,既有歌舞,又有戏谑。"优"发展到唐代,出现了"俗讲""变白"等说唱形式。宋代,民间歌舞、说唱、滑稽戏综合表演,出现了"宋杂剧"。宋元时期出现的南戏是在宋杂剧的基础上,融合南方民间小曲、说唱等因素形成的中国戏曲最早的成熟形式。明清传奇便源自南戏,多用昆曲演唱。明代戏曲在音乐上呈现地方化趋势,江西弋阳腔、江苏昆山腔对后来的戏曲影响最大。清代兴起了地方戏,乾隆年间,徽班进京,汉剧加入,京剧形成,中国戏曲将文学、音乐、舞蹈、美术、武术、杂技等众多艺术形式糅合在一起,形成一种综合性艺术。

民间历来有"正月看大戏"的风俗,可见中国戏曲在全国各地有广泛的群众基础。人们对戏曲的热爱源于它背后蕴藏着极为丰富的历史文化底蕴。中国戏曲深深植根于社会生活,戏曲主题大多宣扬惩恶扬善,弘扬社会正气,表明了中华民族美好的理想,是国人固有的文化基因。

上图：中国古代戏曲。

链接

黄梅戏并非源于安徽

笔者是安徽人，很多人都说你们安徽产生了黄梅戏，我只能比较遗憾地纠正："不对，黄梅戏可能不是源于我们安徽的。"

作为中国五大戏曲剧种之一，黄梅戏非常受欢迎。不过，人们对黄梅戏的归属地尚存争议，关于黄梅戏的原产地有"安徽怀宁说""安徽桐城说""安徽宿松说""湖北黄梅说"四种说法。其中"湖北黄梅说"最具说服力，学者认为黄梅戏唐朝时起源于湖北黄梅县，当时，乡村青年男女上山采茶、砍柴，因情而生互答对唱，后又受到宋民歌、元杂剧影响，逐渐形成民间戏曲。因黄梅县地处长江北岸，水患频发，百姓为了生存纷纷学唱黄梅戏，行走各处卖唱行乞，将黄梅戏由山区带向了安徽、江西、江苏等周边地区。1958 年，毛主席在武汉洪山礼堂观看湖北黄梅县剧团演出的《过界岭》后问："你们湖北的黄梅戏怎么跑到安徽去了？"湖北省委副秘书长梅白详细汇报后，毛主席风趣地说："原来黄梅戏是大水冲到安徽去的啊！"。

黄梅戏凭借委婉动听的唱腔，朴实优美的表演，浓厚的生活气息，受到观众的喜爱，享誉国内外。黄梅戏的著名演员有严凤英、王少舫、马兰等，黄梅戏传统剧目有《天仙配》《女驸马》《牛郎织女》等。

中国画始祖是谁

元朝画家黄公望著名的《富春山居图》因历史原因断成两幅，分落台北和杭州两地，经过两地文化界努力，2011年6月1日在台北故宫进行了"山水合璧——黄公望与富春山居图"展出。分隔360年之后，一幅名画终于合璧！

《富春山居图》是一幅价值连城的中国山水画。中国画，简称"国画"，是我国传统美术艺术，在世界美术界自成一派。国画大致可分为人物、山水、界画、花卉、瓜果、翎毛、走兽、虫鱼等画科，有工笔、写意、勾勒、设色、水墨等技法，设色又可分为金碧、大小青绿、没骨、泼彩、淡彩、浅绛等几种。

中国画笔法浓淡相宜，用笔写意，讲究意境悠远，透视的往往是一种人生境界，符合中国人内心的哲学观和价值观，与西方写实为主的画派有着截然不同的风格。中国画不仅是一种美妙的艺术，也是一种很好的养生方式，"淡妆浓抹总相宜"，是一种静气功，现在很多人都在练习国画。

那么，中国画的风格是如何形成的？始祖又是谁呢？

关于这个问题，我国古籍有众多的说法。《画史会要》载："火帝神农氏，命其臣白阜，甄四海，纪地形而图画之，以通水道之脉。"这是认白阜为中国画的始祖；《鱼龙河图》载："黄帝遂画蚩尤形象，以威天下。"又有《云笈七签》载："黄帝以四岳皆有佐命之山，乃命潜山为衡岳之副，帝乃造山，躬形写象，以为五岳真形之图。"这是认黄帝为中国画始祖；《周易·系辞传》却认为伏羲氏所画的八卦图是中国最原始的绘画；还有古籍认为绘画始于仓颉，认为他不光造字，而且会绘画，因为书画同源之故，这个说法也很有说服力。

因为这些争论，中国画的始祖到底是谁，至今没有统一定论。但可以肯定的是，国画的起源最早可以追溯到原始社会，陶器上的花纹、动物图案等都属于国画，所以，中国画的始祖也许就是一位非常普通的祖先，他富有才华，又深受黄老哲学影响，成熟干练，恪守中庸，或浓或淡地勾勒出了中国画的意境，也画出了自己心灵的境界。

链接

哭之笑之的八大山人

余秋雨在他的大作《文化苦旅》首版中有一句这样的话：在我到过的省会中，南昌算是不太好玩的一个。幸好它的郊外还有个青云谱。这句话一出来，立刻遭到数百万南昌人的讨伐，余大师忙不迭道歉、修订。

且不说南昌现在已经是著名的旅游胜地，单单这个段子就反衬出了八大山人的地位。中国书画在国际市场上的拍卖价格，八大山人的作品排名第一，这个现实，与八大山人在国画界的地位是相配的。

八大山人，本名朱耷，字雪个，是明太祖朱元璋之子宁献王朱权的后裔，江西南昌人。八大山人是清初画坛"四僧"之一，他修行多年，精通诗、书、画，尤其擅画山水、花鸟、林木，画风禅意清幽，影响了后世一大批国画家，如张大千，黄宾虹，李可染等。

说起来，八大山人这个名字是朱耷给自己取的别号，他画上落款"八大山人"时，总是竖笔连着写，看起来有时像"哭之"，有时像"笑之"，充分表达了自己的心态，非常独特。

《清明上河图》与清明节有关系吗?

每个中国人小学就学习过《清明上河图》。

《清明上河图》出自北宋画家张择端之手,是他存世的唯一画作。这幅风俗画是进献给宋徽宗的贡品,宽24.8厘米,长528.7厘米,绢本设色。画作描绘了北宋都城汴京的繁荣景象,活灵活现地画出了一座国际大都市的盛况。

《清明上河图》里的“清明”二字,是指我们所说的清明节吗?

有文物研究专家认为这个清明指的就是清明节,因为古代清明节人们除了禁火、扫墓之外,还要进行踏青、蹴鞠、插柳等一系列风俗活动,所以《清明上河图》就是描绘清明时节汴京的繁荣景象。明代李东阳说:“上河者云,盖其世俗所尚,若今之上冢然,故其如此也。”

但是对于这一说法,也有很多学者并不赞同。通过对画中的服饰、木炭,石磙子、扇子、西瓜等物考证,不少人认为画中景象应该是秋天,怎么会是清明时节呢?他们认为“清明”二字,指的是清明坊,当时汴京分为一百三十六坊,外城东郊区共划分三坊,第一坊就是“清明坊”。

还有一些学者认为“清明”既不指时间也不指地点,指的是政治上的“清明盛世”。北宋“偃武修文”,政治清明,经济发展,市场繁荣,北宋的GDP占了当时全球的2/3,换句话说,北宋的经济总量是全世界所有其他国家总和的两倍!北宋都城东京汴梁当时拥有100万以上的人口,甚至有专家考证在120万到150万之间,人口密度与今天“北上广”的老城区类似!是一座巨大的国际化大都市!

亲爱的读者朋友,有时间你可以在网上仔细欣赏这幅名画,说不定可以得到与众不同的感受呢。

左图：张择端；
下图：《清明上河图》
中的场景。

链接

北宋就有外卖小哥

　　请看上面三图，《清明上河图》展示了三个细节。第一图，一个酒店中的伙计一手托着碗，一手拿着筷子，正在送餐，这不就是送外卖的小哥吗？人们足不出户就可以享受送餐服务，充分说明了北宋市场的繁荣和餐饮业的发达。

　　第二图展示了中国古代的灯箱广告，这家店的木箱上写着"脚店"，这可不是现代人说的泡脚店，而是供过往客商歇脚的小酒店，赶集累了，找个小酒馆，歇歇脚，打两壶水酒，跟一二好友吆五喝六地喝一回，真是快意人生呢！这个木箱想必是空心的，晚上点上蜡烛招揽顾客，那就是货真价实的灯箱广告了。

　　再看第三幅图，店名招牌上写着"刘家上色沉檀拣香"，这是一家卖香料的店。当时的沉香、檀香、乳香等香料，都是富贵人家的最爱，价格昂贵，好的沉香市场价一片达到万钱之多。而且，香料还是国家管控产品，要开香料店还需要国家批准，看起来，这户刘姓老板的关系还是很硬的。

　　这几个小细节，充分展示了北宋繁荣的市场经济和商业文化。

清·郎世宁 《百骏图》

诗经·小雅·鹤鸣

　　鹤鸣于九皋，声闻于野。鱼潜在渊，或在于渚。乐彼之园，爰有树檀，其下维萚。他山之石，可以为错。

　　鹤鸣于九皋，声闻于天。鱼在于渚，或潜在渊。乐彼之园，爰有树檀，其下维榖。他山之石，可以攻玉。

第九编

科技教育

科举制度是中国的伟大贡献

今天,高考成为千万学子进入高等学府,实现人生理想的重要途径。而在古代,古人想要实现理想,最好的途径就是参加科举考试。科举制度和高考都是社会历史发展的产物,也是历史上最公平的人才选拔机制。

我国古代建立科举制度之前,在人才选拔机制上走过一段艰难曲折的道路,从西周的世袭世禄制、秦朝的军功封爵制、两汉的察举制一直到魏、晋、南北朝时期的"九品中正制",都是祖荫、考察加举荐的制度。

到了隋朝,社会生产力迅速发展,中小地主经济力量空前壮大,开始要求政治上的权利,加上统治者设立了三省六部制,人才需求量剧增,在这样的背景下,隋炀帝创造了科举制度,用考试选拔有才华的人,考中了,就可以到中央或者地方任职,读书、考试、做官三者紧密结合。

唐代沿袭了这一人才选拔制度,并进一步完善。考试科目分常科和制科,常科每年分期举行,制科由皇帝下诏临时举行。明经和进士两科是唐代常科的主要科目。

到了宋朝,科举制度更加完善,乡试、省试、殿试三级考试成为定制。中乡试者称为举人,第一名叫解元;中省试(会试)者称为贡士,第一名叫会元;殿试被录取称为进士。我们熟知的殿试前三名"状元、榜眼、探花"是南宋的提法。

明清两代的科举制度大致相同。进士科考试分为乡试、会试、殿试三级。乡试三年考一次,在京城及各省城举行,考取者称为举人。会试在京城贡院举行,一般安排在乡试的第二年二、三月份考试,考取者称贡士。殿试在会试后当年的三月初举行,应试者为贡士,明清两朝的殿试只考策问一场,出榜分三甲,通称进士。进士榜用黄纸书写,称为黄甲,也叫金榜,"金榜题名"的典故就是这么来的。

隋唐以后，几乎每一个中国知识分子都有过科举生涯，历史上很多名人也都是科举考试出身，如唐宋八大家等。

科举制度，这个被称为中国第五大发明的考试制度，为统治者选拔了不计其数的人才，为寒门学子跃上龙门提供了无数的机会，为社会的发展做出了巨大贡献。1905年9月，随着光绪帝的一纸诏令，科举制永远退出了历史舞台。

下左图：盛大的科举张榜；
下右图：复原后的江南贡院。

链接

中国历史上最大的科举考场——江南贡院

江南贡院位于南京市秦淮区夫子庙学官东侧，始建于南宋孝宗乾道四年（1168年），经历代修缮扩建，明清时期达到鼎盛，可同时容纳20644名考生参加考试。规模之大、占地之广居中国各省贡院之首。

江南贡院得名于江南省，清朝时期，今天江苏、安徽、上海市行政区为江南省，是当时人口最多、经济最发达的省份，学风也最为鼎盛，这造就了江南贡院的巨大规模。

江南贡院自南宋建立至晚清废除科举期间，一共输送了800余名状元、10万余名进士、上百万名举人。从江南贡院走出去的名人就有方苞、唐伯虎、郑板桥、吴敬梓、施耐庵、张謇、陈独秀等。仅明清时，全国就有半数以上官员出自江南贡院，于是有了"天下英才，半数尽出江南"的说法。

最早的博士、教授其实是官职

晏老师，陈教授，袁博士，苏院士这样的名称，是中国知识分子的职称或尊称，其中的博士、教授古时就有了，不过，他们最早表示的可都是官职。

"博士"一词，最早出现在战国时期，一开始是对博学之人的尊称，比如《史记·循吏列传》记载："公议休者，鲁博士也"。可到了秦朝，"博士"就已经是官职了，《汉书·百官公卿表》载："博士，秦官，掌通古今。"秦始皇给了博士官位，职责主要是侍奉朝廷，做皇帝的顾问，参与朝政，地位不低。秦汉时期的著名博士有贾谊、董仲舒等，他们都是采取征拜和荐举的办法选用的。东汉对博士的要求更高，还需要参加考试，合格了才能被荐举成为博士。汉代以后，博士开始担任学官，从事教学工作。魏晋以后，政府还授予一些有专门技艺和专门学问的人为博士，比如任命精通礼仪之人为太常博士，任命精通医术的人为医药博士等等。唐宋以后，博士的职业身份有了重大的变化，社会上将从事某种职业的专业人士也称为博士，比如江浙一带就出现了茶博士、酒博士。

古代的教授是教育界的官职。宋朝中央和地方的学校开始设置教授，主管学校课试的具体事务。宋元至明清时期，政府设置的各级教育官员中，最高一级就是教授，授正七品官阶，相当于县令。这一点和今天我国的现行教育体制有相似的地方，如今的"教授"不仅是一种高级职称，而且在某些待遇方面可以参照国家县处级至副部级行政领导的待遇执行。

学士、硕士的古今含义、职能也大不相同。现在的学士、硕士代表的是一种学位，而古代的学士，在魏晋后，指的也是供奉朝廷的官吏，古代硕士指的则是品德高尚、学问渊博的人。

左图：茶博士陆羽；
下图：宋朝官吏。

链接

"四书五经"是古代科举考试宝典

"四书五经"是我国古代科举考试选拔人才的命题书和教科书。

"五经"是形成于先秦时期的五部重要文化典籍《诗经》《尚书》《周易》《礼记》《春秋》，汉武帝时期设立五经博士，从此奠定了儒家经典的尊贵地位。"四书"得名于朱熹将《礼记》中的《大学》《中庸》这两篇文章拿出来单独成书，与《论语》《孟子》合称。"四书"是了解儒家思想最简明的读本，被后世奉为科举取士的教科书。

自科举制度确立以来，"四书五经"就成了科举考试的主要内容。明朝实行八股取士，科举考试内容只能在"四书五经"范围内命题，并以朱熹的《四书章句集注》为标准。所以，"四书五经"就是古代科举界的"葵花宝典"。

学校，最早是学习祭祀礼仪的场所

据国家统计局2016年数据，我国共拥有小学、初中学校23万所，在校生1.42亿人，普通高中1.34万所，在校生2366万人，中职学校1.10万所，在校生1600万人，各类高校2880所，在校生3700万人。全国合计学校约26万所，合计学生约2.18亿人，学校数量和学生数量都位居全球第一。学校，已经成为我国教育事业的重要组成部分。那么，中国最早的学校是如何产生的呢？

上古夏代，中国早期象形文字产生，当时的部落贵族为了培养子弟，开始建立初期的教育机构，据史籍记载，夏代可能已经有了"庠""序""校"，"庠"是老年人养老的机构，"序"是年轻人练习射箭的场所，"校"是青少年学习祭祀礼仪的机构。这三个机构各自负担了部分教育内容。

殷商在"庠""序""校"三种机构的基础上，出现了"瞽宗"，"瞽宗"原指宗庙，后发展为贵族子弟学习礼乐的学校，这是中国古代最早的正式学校。殷商尚右，并以西为右，所以常把学校设在西郊，故商代的学校又叫"西学""右学"，也有人将商代的学校称为"辟雍"。

西周在沿袭夏商教育制度的基础上，又建立了政教合一的官学体系，分为国学和乡学两种。国学分为小学和大学，小学设于王城宫廷，大学设在南郊，贵族子弟读的大学叫"辟雍"，诸侯子弟读的大学叫"泮宫"。小学除了认字发蒙、读文章，还要学习礼仪、音乐、骑马、射箭。大学则要进一步学习修身、齐家、治国、平天下，以便日后参与政事。乡学是各地设立的地方学校，供普通贵族子弟就读，乡学的优秀生可升入国学。西周"学在官府"，文化知识和书籍文献都被官府垄断，一般平民和奴隶是没有受教育的权利的。

到了周朝后期，政局不稳，民间开始兴起私学。

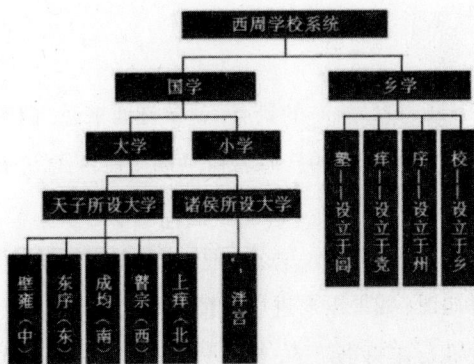

链接

私塾不是私人的别墅

曾有人问我："杨老师，古代的私塾，指的是私人的别墅吗？"

我哑然失笑。现代文明熏陶下的孩子，总是用现代的思维去回顾过去，才会产生这样的黑色幽默。

私塾，也就是私学，是中国古代的教育创举，是中国古代社会的一大贡献。春秋时期，社会动荡，官学衰弱，许多大学者开始自己创立学校进行教育活动，私学应运而生。

不少人认为私学由孔子首创，因为孔子在春秋时代目睹"天子失官，学在四夷"，便自己整理文化典籍，并以此为教本，创办了私学。不过，学术界还有另外一种意见，认为孔子并不是私学的首创者，早于孔子的，有晋国的权向，与孔子同时期的，还有郑国的邓析、鲁国的少正卯等，都进行过讲学活动，孔子本人的一些零散记载也证实孔子之前，就已经出现了私人讲学之风。因而有学者认为，孔子并不是私学的首创者，但可以肯定的是，孔子是我国开创大规模私学的第一人，他对教育的贡献以及"有教无类"的教育思想，对后世的影响是巨大的。

书院趣话

对于现代人来说，"书院"这个词，只是旅游的景点，就拿江西来说，白鹿洞书院，白鹭洲书院，鹅湖书院，都是享誉全国的旅游名胜，可是，在古代，"书院"这个词，却是读书做学问的圣地。

由于资讯、交通的落后，古人读书不像现代人这么方便。发蒙时期至初、中级教育，孩子们一般通过私塾获得知识。如果再要进行更精深系统的教育和专门的研究，就要通过书院进行了，所以，主持书院的，往往是享有盛名的一方大儒，比如朱熹、陆象山、王阳明这样的当世大家。

书院起于唐代，唐末至五代时期，战乱频繁，许多读书人避祸于山林，模仿佛教讲经制度，创立书院，成为中国很有特色的独立教育机构。到了宋代，书院日渐增多，到了南宋，随着理学的发展，书院逐渐成为学派活动的场所，不光讲学，而且进行研究，并有大量藏书，成为民间的高等教育机构。明代书院发展到1200多所，遍及全国各地。清代全国书院达到2000多所，不过，大部分都属于官学，官办色彩越来越浓厚。到了1901年，皇室诏令，各省的书院改为大学堂，各府、厅、直隶州的书院改为中学堂，各州、县的书院改为小学堂，书院正式消失。

中国文化史上，书院承担了重大的历史使命，因为书院与传统应试教育不同，注重于研究学问，培养人的品行，而不是应试功名，所以，书院的兴起，为中国古代哲学、思想、文学等人文学科的研究与传播起到了重要作用。

书院在一些特定的历史时期，还担负起了拯救国家、拯救民族的重任。比如白鹭洲书院培养的民族英雄文天祥，一直是中国勇敢、正直气节的象征；比如明朝的东林书院，东林党人不怕牺牲，前赴后继地与阉党进行斗争；再比如江西庐山的白鹿洞书院，"七七事变"后，全民族抗战救亡的怒吼声就是在这里发出的。

一般来说，中国最有名的书院有四个：河南商丘的应天书院、湖南长沙的岳麓书院、江西庐山的白鹿洞书院、河南登封的嵩阳书院。

　　有趣的是，现在中国的教育机构中，还有少部分用了书院名称，比如香港中文大学，就是一所实行学院和书院制并行的大学，学院负责"学科为本"的教学，书院负责"学生为本"的教学，通识教育多由书院承担。再比如江西修水县黄庭坚故里双井村，村里的小学校就以"高峰书院"命名，这是我国目前唯一一所以"书院"命名的小学。

链接

应天书院，从民办学校直升皇家官学

　　中国古代的最高学府，是国子监，这个机构从宋代延续至清亡，延绵一千多年，是国家最高学府和教育行政管理机构，又称"太学""国学"。

　　这样的教育机构，当然是牛逼得不得了。一般民间教育机构只能说是望其项背。

　　可是，宋代的应天书院，却在 1043 年创下了一个奇迹，直接升格为国子监！

　　打个比方，就好比当今中国的一所民办高校，直接升格为教育部直属的顶级学府，比如北京大学这样的学校。

　　这个奇迹的产生与范仲淹有关，他和晏殊等当代大儒倾尽心血于这家书院，培养了无数的人才，竟然引得"天下庠序，视此而兴"，这在中国一千多年书院发展史上，是唯一的一例！

功在千秋都江堰

2008年5月12日，四川汶川8级大地震，天崩地裂，山垮路断，川西平原遭受了重创，中国遭受了改革开放以来最大的一次自然灾害，值得庆幸的是，位于重灾区的都江堰水利工程基本完好，仅二王庙、青城山道观等部分景区受损，工程主体没有受到丝毫损害。事后查看，由于都江堰水利工程从设计初就考虑了抗震性，所以才保证了这座伟大的工程两千多年来一直屹立在川西平原，守护着"天府之国"的亿万人民。

我们小学就学过李冰父子修建都江堰的故事，现在回过头再来了解一下他们的事迹，会更加感慨于他们的伟大。

李冰是战国时期的山西解州人，也就是后来关云长的老乡，秦昭王时期担任蜀郡太守，相当于今天的四川省委书记。这是一位喜欢干实事的高官，经常实地考察了解民情。赴任不久，便听到不少老百姓叫苦，每到夏秋季节，岷江洪水泛滥，成都平原就会东旱西涝。李冰非常重视，带着人经过仔细的考察，发现贯穿成都平原的岷江经平原西沿注入长江，却并不流入川西平原，所以才会造成这种现象。李冰经过仔细研究，决心引岷江水入川西平原，彻底解决这一自然界难题。

李冰和儿子李二郎率领众人，花了5年的时间，修好了都江堰，将湍急的岷江水引入了成都平原，使得成都平原从此成为水旱不再、风调雨顺、沃野千里、美不胜收的天府之国。

李冰将自己的生命都投入了治水大计，最终逝世于治理石亭江的工作之中。正因为李冰的不朽功绩，当地百姓十分敬仰李冰，称他为"川主"，还为他修了"川主祠"。

都江堰，也从此成为中国的著名景点，工程所在的灌县于1988年改名为都江堰市。都江堰水利工程被评为我国5A级景区，并于2000年被联合国教科文组织列入"世界文化遗产"名录。

链接

都江堰的秘密

都江堰治水的秘诀，在于宝瓶口和鱼嘴。

李冰父子率领大家，先是在玉垒山凿了个宽20余米的口子，取名"宝瓶口"，然后在岷江中构筑了一个分水堰，分水堰的迎水一端做成尖形，像鱼的嘴巴，故取名"鱼嘴"。湍急的岷江水流到了分水堰，被分做两支，西支是岷江的正流，叫外江，东支流入宝瓶口，叫内江，内江流进成都平原。就这样，成都平原形成了一个灌溉水网，肆虐的岷江水成了可以随时浇灌农田的"黄金水道"。

后来，为了防止过多的水流入宝瓶口，再次引发平原水患，李冰又在分水堰的尾部修建了分洪用的平水槽和"飞沙堰"溢洪道，并将飞沙堰的高度设计得较低，当内江水位过高时，洪水会经由平水槽漫过飞沙堰流入外江，达到自动控制水量的目的。李冰还让工匠做了一个石人立在内江，作为观察内江水位的工具。

辉耀千秋的四大发明

中国历史悠久，文化灿烂，科技水平很长一段时间走在世界前沿，更是为世界贡献了造纸术、印刷术、火药、指南针四大发明。

四大发明对世界的影响有多大？依我看，区别就像中国过去的自行车时代和现在的小汽车时代的差别。

造纸术的发明为人类文明的传播、交流提供了轻便、快速的媒介保障，先后取代了埃及的纸草，印度的树叶和欧洲的羊皮，古人结束了需要背着笨重的龟甲兽骨、抱着厚重的竹简木板记载文字的生活，为当时亚洲、欧洲等发达地区蓬勃发展的教育、经济活动提供了极为有利的条件。

印刷术让书籍开始大批量生产，雕版印刷和活字印刷术先后传到朝鲜、日本和欧洲，改变了原来只有上层人物和僧侣才能读书和接受教育的状况，尤其是将欧洲从中世纪漫长的黑夜之中拉进了文明社会，促进了文艺复兴。

中国人在长期炼丹、制药的基础上发明了火药，迅速被用于军事，在古代冷兵器作战中成了大杀器。成吉思汗西征，使用火药武器所向披靡，并将火药传到阿拉伯国家和欧洲，促进了武器的革新，帮助资产阶级战胜封建贵族，对于资产阶级在欧洲大陆的胜利起了重要作用。

指南针发明以后，先后传入阿拉伯、欧洲，人们对于茫茫大海的恐惧感大大减轻，郑和、哥伦布、达伽马、麦哲伦等先驱开始了伟大的远洋航海活动，这场世界上著名的"地理大发现"活动，有力推动了人们对于世界的认识，推动了世界经济和文化的交流与发展。

如果没有四大发明，我们今天的生活，会不会依然像下面谈到的美国阿米尔什人的生活一样呢？

指南针　造纸术

火药　活字印刷术

Little Known Facts About

The AMISH

AND THE MENNONITES

A Study of the Social Customs and Habits of Pennsylvania's "Plain People"

By AMMON MONROE AURAND, Jr.

链接

复古的阿米什人

你能想象一下，让你待在没有电、没有网络、没有手机的世界里，你的生活会是什么样子吗？今天，美国竟然有这么一群人，他们远离现代文明，拒绝使用现代设备，不用电，不开车，不上网，日出而作，日落而息，过着自给自足的复古生活。这群人叫阿米什人，主要居住在美国宾夕法尼亚州的小镇上。

阿米什人是欧洲的教徒，因不堪迫害迁居美国宾州，然后世代繁衍，过着与世无争的生活。阿米什人打扮复古，穿着朴素，驾驶马车出行，保留着欧洲几百年前的生活习惯。在阿米什人家中，没有电视机，没有电话，没有空调，没有电冰箱、没有洗衣机……一切现代化电器设备与之绝缘，取而代之的是脚踏缝纫机、洗衣桶、扇子……他们用手工打造的农具在田里劳作，农贸市场上卖的也是百分百纯天然的绿色食品。

阿米什人强调谦和、宁静，重视邻里互助，并以节俭、勤劳为美德，"无欲求，不浪费"是他们的信条。在这个纷扰复杂的世界上，他们坚守着自己的信仰与传统，堪称中古人类生活的活化石！

划时代的青铜铸造技术

　　"真有范",是当代人很喜欢说的一句褒扬的话,形容一种外貌或行为美好、酷炫,甚至可以形成某种标准的样子。

　　你知道吗?"范"这个字却是来源于中国古代的青铜器。

　　中国古代青铜器以品类繁多、器型雄伟、纹饰精美、工艺精湛著称,创造了人类历史上最辉煌的青铜器时代。

　　从河北唐山等地出土的早期青铜器看,我国在新石器时代晚期铸造技术就发展起来了,夏代铸造水平已经很高,商代晚期手工业有了专业化的分工,还设置了官职,专门管理手工业。很多商周时期的遗址都发现了铸造青铜器的作坊,铸造青铜器的工匠们拥有较高的社会地位,工匠们的生产积极性和创造性都很高,青铜铸造技术已经十分精湛。

　　中国古代,青铜器的功能主要是祭祀和征战,所以出土的古代青铜器多为礼乐器和兵器。中国古代青铜器铸造技术以块范法为主,辅以失蜡法,然后再结合多种传统技术进行铸造。

　　商周最先采用、运用最广的青铜器铸造法就是块范法。块范法要经过制模、制范、浇注、修整等一整套流程。首先要根据铸件的形状选择制模的材料,可以选用陶土、木、竹、骨、石等材质,然后选用和配制适当的泥料敷在模型外面,再用泥料制一个与容器内部体积相当的范(就是我们今天常说到的范),再将已经完成焙烧和组合好的范趁热浇注,或者预热,将熔化的铜液注入浇口,待铜液凝固冷却,就可以取出铸件了。最后再经过锤击、锯挫等多道工序对铸件进行修整,一件青铜器的制造才算完成。

　　失蜡法要追溯到春秋时期,湖北随县曾侯乙墓出土的青铜尊盘就是采用失蜡法铸成的,这是目前中国已知最早的失蜡铸件。失蜡法又称熔模法,采用容易熔化的材料制成蜡模,外部敷上造型材料,成为整体铸型,加热铸模将蜡化去,形成空腔铸范,浇入液态金属,冷却后得到成型铸件。失蜡法被一代代工匠传承和发扬,历久不衰,直到如今,仍是常用的青铜铸造方法。

下左图:曾侯乙墓青铜尊盘;
下右图:越王剑。

链接

王者之剑——越王勾践剑

如果你去了武汉,一定要去一下湖北省博物馆,因为那里收藏了一件传说中的无价之宝——越王勾践剑。

剑全长 55.7 厘米,剑格宽 5 厘米,剑身满饰黑色菱形几何暗花纹,剑格正面和反面分别用蓝色琉璃和绿松石镶嵌成美丽的纹饰,剑身上刻有"越王勾践""自作用剑"两行鸟篆体铭文。

据史料记载,越王勾践平日里酷爱宝剑,不惜重金聘请铸剑大师欧冶子进宫铸剑,欧冶子花了几年的时间制作出了这把精美绝伦的青铜宝剑。有关专家对越王剑进行科学测定和鉴定后发现,剑的主要成分是青铜和锡,还含有少量的铅、铁、镍、硫等材质,剑身的花纹经过硫化处理,剑刃的精磨技艺水平极高,还采用了合金技术。

这把宝剑虽然在地底下埋藏了 2400 多年,剑身上却不见一丝锈迹,至今还锋利无比,令人惊叹。

鲁班，中国古代的马斯克

当今社会是一个人工智能的社会，谷歌公司、特斯拉无人驾驶汽车，都走在人类前列，在人工智能大发展的前夜奋力探索。发明特斯拉的马斯克，更是成为这个时代的偶像，他还宣称要发射卫星上天，让全球都能用上免费WIFI，还说不久后要把人类送上火星。这位出生在南非，美国、加拿大双重国籍的40多岁大叔，真是时代的超级弄潮儿。

我国古代，也有一位马斯克这样的超级大咖——鲁班。

鲁班，原名公输般，春秋时期鲁国人。鲁班出身于工匠世家公输族，12岁便外出求师，他对木工工艺十分痴迷，在生活工作中加以实践，发明创造了很多木匠工具和农用工具，很多工具至今仍在使用，几千年来为人类生活生产提供了极大的方便，因而他被后人称为木匠鼻祖。

结合史料记载和民间传说，鲁班发明了云梯、钩强、木鹊、鲁班尺、墨斗、石磨。

云梯是古代攻城的器械。《墨子·公输》载："公输般为楚造云梯之械，成，将以攻宋。"鲁班发明的云梯配置了一节节的梯节和多轮平板车，可以登高查看敌情。钩强则是古代水战用的器械，类似于现在江南一带水运竹排时使用的工具。木鹊是一种用竹木做的飞行器械，为古代作战侦查时所用，相当于现在的竹蜻蜓或者简易的飞机模型。尺子也是鲁班发明的，构造简单，但功能多样，现在木工们仍在使用，并称其为"鲁班尺"。鲁班还发明了木匠画线用的墨斗，相传这是鲁班看母亲用粉袋画线裁剪衣服时受到的启发。

有一天，鲁班看到一位老人在捣麦子，因石杵太重，石臼里只有少量麦粒被磨成了粉。鲁班受到启发，搬来两块大石头，将石头凿成两个大圆盘，在每个圆盘下面再凿出一道道槽，在一面圆盘上凿个洞，安上木把将两个石盘叠在一起，中心再装个轴，发明了石磨。

如今，人们总喜欢将一些非常出色的工匠称作"小鲁班""活鲁班"，我国建筑业还设置了"鲁班奖"，而对于那些喜欢在行家面前卖弄本领的人，人们往往用"班门弄斧"来讥讽他。

下左图：云梯车；
下右图：弩。

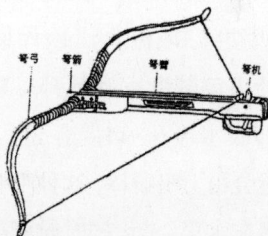

链接

古代高科技作战武器——弩

弩是中国古人的发明，时间不晚于商周时期，冷兵器时代是一种威力很大的兵器，而且射程很远，据说宋朝的大型弩的射程可以达到1500步，也就是七八百米远，这非常恐怖，所以有个著名的成语"强弓硬弩"来形容弩的强大威力。

西汉对匈奴作战使用弩箭多次取得良好战绩。名将李陵的五千人先遣队被三万匈奴骑兵包围时，李陵以大车为营，先派对匈奴骑兵处于绝对劣势的步兵持戟拿盾，后排士兵端着弓弩，当匈奴骑兵开始冲击汉军时，汉军千弩齐发，匈奴人马应声而倒。汉军就这样轻松击退了匈奴人的第一轮进攻。能在绝对劣势的情况下初战告捷，足以证明弩在步兵对付骑兵战斗中的重要作用。

弩在今天还能经常见到，在秘密特工和特种部队的行动中，弩担负着无声、突然的特殊攻击任务，往往令对手胆战心惊。

牙刷是中国人发明的

　　牙刷是现代人的生活必需品，看起来微不足道，却可以保护我们的牙齿。那么，古人是如何清洁牙齿的呢？

　　古人清洁牙齿普遍采用含漱法，以盐水、浓茶、酒为漱口剂。《礼记·内则》中记载："鸡初鸣，咸盥洗。"隋代巢元方《诸病源候论》记载："食毕常漱口数过，不尔，使人病龋齿。"唐代孙思邈的《备急千金要方》中记载："每旦以一捻盐内口中，以暖水含……口齿牢密。"由此可见，古人常用的洁齿方式就是漱口，有条件的还会用上咀嚼棒，这种咀嚼棒是杨柳枝做成的。晚唐时期，人们通常把杨柳枝泡在水里，洁齿的时候就把杨柳枝的一端咀嚼咬开，这样会产生很多细软的小条，形成类似现在的牙刷的刷毛，起到刷牙洁齿的作用。

　　这种情况一直延续到中国人发明牙刷。

　　目前公认最早的牙刷是中国唐朝制造的，其形态已经非常接近现代牙刷，刷毛部分用猪鬃制成，然后固定到竹子或骨骼制成的柄上，形成一把牙刷。

　　第一把现代牙刷是我国历史上有名的痴情贤君明孝宗朱佑樘在1498年发明的。伦敦罗宾逊出版社2004年出版的《发明大全》一书中，也把牙刷的发明权归到朱佑樘的名下。美国牙科医学会和美国牙科博物馆的资料显示，明孝宗发明的这种牙刷，使用野猪鬃作为牙刷毛，兽骨做牙刷柄，形成了一把简易的牙刷，用以清洁牙齿。虽然第一把牙刷诞生于中国，但由于当时的中国工商业不发达，因此，牙刷在国内没有得到大力推广。这种牙刷被旅行者带到欧洲后，反而在17世纪左右就传遍了欧洲。18世纪末，英国的威廉·阿迪斯制造的牙刷是欧洲公认的第一把批量生产的牙刷。1954年，瑞士人又发明了第一把电动牙刷。

下左图：中国古代的咀嚼棒（上）和中国古代发明的牙刷；

下右图：中国古代制造的机器人。

链接

中国人发明了机器人

现代社会已经进入人工智能社会，机器人，无人机，无人驾驶汽车已经深入人们的生活。你知道吗，世界上最早的机器人就是中国人制造的。

据《列子·汤问篇》记载，西周时期（公元前1046年—公元前771年），有一个能工巧匠叫偃师，为周穆王进贡了一种能唱歌跳舞的机器人，这就是世界上最早的机器人。中国古代制造的机器人不仅奇妙精巧，而且用途广泛。据资料记载，古人还制造出了帮助刘邦解围的机器人，陪伴隋炀帝的机器人，给洛阳县令倒酒的机器人，帮工匠赚钱的机器人，替柳州刺史捉鱼的机器人等等。唐代发明的机器人甚至被用于生产实践。由此可见，中国古代的科技水平是非常发达的，值得我们每一个中国人为之骄傲、自豪。

"驷马难追"和古代马车

在影院观看《唐人街探案2》时，王宝强扮演的唐仁自带方言式的英语让观众印象深刻。其中，唐仁把"君子一言，驷马难追"搞笑地翻译成"One word go jia jia jia"，更是引发全场爆笑。

"驷马难追"这个成语其实是有一段发展史的。

《论语·颜渊》中就有"驷不及舌"的说法，卫国大夫棘子成发表了一通"君子只要内在品质好就行了，不需要什么文采"的言论，遭到了善于辞令的外交家子贡的反驳。子贡认为棘子成这番言论实在是歪论，但是不好的影响已经造成了，就算用四匹马拉的车，也赶不上他舌头胡说的速度。在那个年代，马车是速度最快的陆上交通工具，尤其是四匹马套在一起的马车，速度更是快得惊人，相当于今天的高铁。要是子贡生在今日，恐怕就得说：就算让舒马赫开上一辆法拉利赛车也赶不上你棘子成说话的速度。春秋末年《邓析子·转辞》中有"一声而非，驷马勿追"的说法，到了五代，演化成了"驷马难追"这句成语，元代李寿卿《伍员吹箫》中有了"大丈夫一言既出，驷马难追！"这句后世广为流传的说法。

在古代，马，是最重要的交通工具，也是最重要的战略资源。统一天下的秦朝，最初就是西部边陲一个养马的小国，因为养马养得好，渐渐发展壮大成了一个国家。古代的马车，相当于今天的轿车，而且，马车不是寻常老百姓可以使用的，属于奢侈品。古代不同身份的人，所乘坐的马车都是有严格要求的。"驷马"是古代地位显赫的高级官员的座驾，四匹马带动马车，速度快，安全和配置档次高，级别相当于现在百万级的豪车，比如奔驰E级、宝马7系等。马车被用作军事装备，就是战车。古代早期战车上常见两匹马的战车，后来随着战争强度加大，要求更快的速度，两匹马的马车不给力了，古人开始用"驷马"作为战车，经历了无数的腥风血雨！

宋朝轿子成为流行的交通工具后，马车的作用被弱化，到了清末，正式退出了历史舞台。

下左图：兵马俑附近出土的铜车马，战国时代这种驷马战车是重装杀器；
下右图：郭靖黄蓉的汗血宝马。

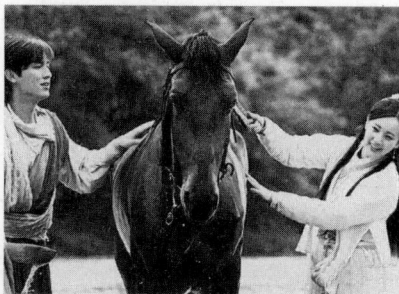

链接

真的有"汗血宝马"

《射雕英雄传》中，大侠郭靖从小就得到一匹汗血宝马，温驯聪明，逼格很高。

这当然是小说家言。历史上，汉武帝就十分喜爱汗血宝马，称其为"天马"，"天马行空"这个成语，说的原来正是汗血宝马。《三国演义》中，吕布的坐骑赤兔马，据说也是汗血宝马。传言汗血宝马能"日行千里，夜行八百"，流出的汗跟血液一个颜色。

汗血宝马在现实生活中是真实存在的，但非常少见。汗血宝马学名阿哈尔捷金马，产于中亚的土库曼斯坦，因皮肤较薄，奔跑时血液在血管中流动容易被看到，所以给人"流血"感觉而得名，并以纤细、优美的体态，被称为马中的"美男子"。

近年来，上合组织的重要成员土库曼斯坦先后三次将汗血宝马作为国礼赠予我国，汗血宝马成了中国与土库曼斯坦友谊的使者和两国人民世代友好的见证。有兴趣的朋友们可以去新疆乌鲁木齐古生态园的汗血宝马基地，一睹汗血宝马的风采。

南宋·马远 《竹涧焚香图》

寄扬州韩绰判官　唐·杜牧

青山隐隐水迢迢，秋尽江南草未凋。

二十四桥明月夜，玉人何处教吹箫。

第十编

建筑医学

长城，中华民族的图腾

长城，是中华民族当之无愧的精神图腾，我国国歌《义勇军进行曲》"把我们的血肉筑成我们新的长城"歌词响彻云霄。这样一个令中华儿女骄傲而自豪的奇迹，是怎样一步步成为中华民族精神象征的呢？

秦始皇经常被认为是长城最初的建设者，但事实上，长城的历史远比秦始皇更古老。最早的长城可以上溯到西周时期的"列城"，列城就是连续排列的堡垒，主要用于防范北方游牧民族俨狁的袭扰。春秋时期，战事频仍，许多诸侯国纷纷在边境构筑防御工事。战国时期，北方游牧民族匈奴逐渐强大，与匈奴毗邻的秦、赵、燕三国为巩固北部边防，从西北到华北修筑了绵延的沿山势的"拒胡长城"。

秦始皇统一六国后，对之前三国修建的"拒胡长城"进行了大规模的连接和扩建工程，最终将原本分为三段的长城扩建为绵延万里的万里长城，东起今朝鲜平壤西北部的清川江入海处，西至甘肃省岷县，囊括了秦帝国的整个北部边疆。

秦以后，除唐朝未筑长城外，汉、隋、宋等重要朝代均构筑过长城，最令我们熟知的，就是宏伟的明长城。

明长城东起河北山海关，西至甘肃嘉峪关，另有辽东边墙。明长城是中国长城建筑的巅峰，其在高山峻岭处，根据地形和防御功能的需要而修建；在平原或要隘之处，城墙以砖砌石筑，十分高大坚固；而在山险处则较为低矮狭窄，以节约人力和费用；在一些地形太过陡峻而无法修筑之处，则采取了"山险墙"和"劈山墙"的巧办法，以最大限度借助地利。长城中还设置了大量烽火台以传递情报，一旦遇有敌情，除了燃烟、举火，烽火台还会同时加放炮声，使军情可迅速传达千里之外。依明制，举一烟鸣一炮表示来敌100人左右；举二烟鸣二炮，来敌500人左右；1000人以上举三烟鸣三炮。

抗日战争时期，中华儿女奋起抵抗。虽然此时的长城已经没有多大军事上的防御意义，但是随着长城抗战重创日军，随着《长城谣》《义勇军进行曲》等诸多抗战歌曲广为流传，长城逐渐上升成为中华民族的精神图腾。

下左图：秦长城遗址；
下右图：南方长城。

链接

南方长城也很壮观

　　南方长城，又名苗疆边墙，是明代中后期在湘西凤凰一带修筑的军事防御工程，以防御西南地区的苗民。南方长城始建于明嘉靖三十三年（公元1554年），曾多次扩建，至明天启三年（1622年）建成，全长430余里。清嘉庆二年（1797年）曾对部分边墙进行了重修，并重建了长约190里的边墙。

　　南方长城城墙高约3米，底宽2米，墙顶端宽1米，绕山跨水，大部分建在险峻的山脊上。基石全为长条细凿青石垒砌，每边中部均有长方形台阶进入堡内；城墙全系正方形青石细凿砌筑，胶凝材料为著名的"糯米砂浆"。砌筑城垣所用的石料，全是从山下采集，凿成料石，然后一块一块运上山的。

　　南方长城规模浩大，建筑精良，是珍贵的古建筑遗址，也是研究明清两代与西南少数民族关系的宝贵的历史材料。

多姿多彩的古桥

最近看新闻，我国公路桥梁总数已经超过80万座，跨越长江的公路大桥便达到了135座。大江大河，大山大沟，早已经是"天堑变通途"。

桥梁，联结着江河两岸的沟通，维系着交通和经济的命脉，促进了社会文明的发展。

中国桥梁历史悠久。中国古代的桥梁，不管是实用价值还是美学价值，都令人瞩目，代表着中国古代建筑艺术的巅峰水平。

不清楚中国的第一座桥梁是什么时候建造的，猜想，那就是炎黄时期一段横置于小河上的粗大木头吧。随着造桥工具从石块、瓦片进化到青铜器、铁器，造桥材料也从土、砖、木、竹、石进化到铁，中国古桥不光科技水平越来越高，实用价值越来越高，美学、艺术价值也是越来越高。

中国古桥按照类型，分为浮桥、梁桥、索桥、拱桥，赵州桥就是石拱桥中的世界现存最早者。这座修建于隋朝的石拱桥全部用石块砌成，用糯米加石灰作为黏合剂，1400多年来，它横跨在37米的洨河河面上，迎接了数次地震，经历了无数战火，坚固而忠诚地守护着一方水土，为洨河两岸的百姓提供着便利。

中国古桥总是能和有名的事件联系起来，撞击着我们的心绪，比如令旅人"江枫渔火对愁眠"的苏州枫桥，比如折柳而别的西安灞桥，比如烟花绚丽的扬州二十四桥，比如千年传唱的杭州断桥，比如书写了悲壮血火的北京卢沟桥……

今天，我们去乡野踏青，说不定就会看到一座小小的石拱桥，横跨在绿柳炊烟中，石块上的斑斑凿痕，蜿蜒缠绕的枯草青藤，与静谧的乡村山水结合成一幅美丽的风情图画，似乎在静静地述说着自己的前尘往事。

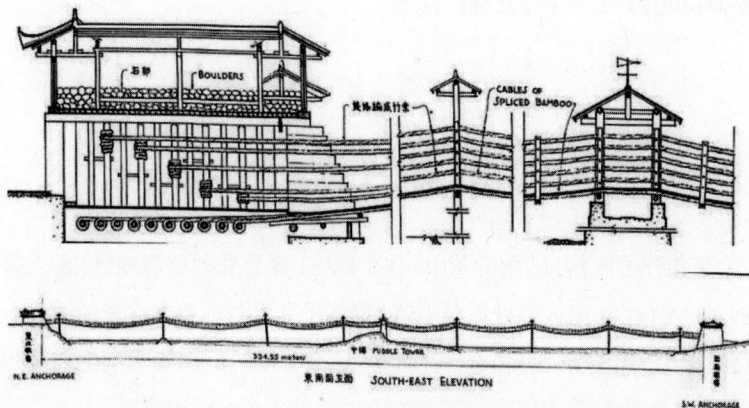

石砌 BOULDERS

竹缆编成竹索 CABLES OF SPLICED BAMBOO

N.E. ANCHORAGE　334.55 meter　中墩 MIDDLE TOWER　泉南西立面 SOUTH-EAST ELEVATION　S.W. ANCHORAGE

上图：梁思成绘制
的古桥结构图。

链接

廊桥，可不只美国才有

上映于 1995 年的美国电影《廊桥遗梦》，曾经引发轰动效应，带动同名小说成为那个时期的"爆款"商品。克林特·伊斯特伍德和梅丽尔·斯特里普演绎出了一对痴心男女的绝世爱恋，尤其是女主角的后半生，一直在为那四天中的疯狂爱恋而辗转回味。

廊桥，也一下子出了名，尤其被许多喜欢追星的青年男女而痴迷，他们在描述一段珍贵的感情时，总喜欢提到这部电影的廊桥。

其实，廊桥更是中国的传统建筑。

江西婺源的彩虹桥，便是中国古廊桥中的极品。不过，它还不是最有名的。中国有个"廊桥之乡"，便是浙江泰顺县。

泰顺，地处浙南深山，地处偏僻，交通不便。古代为了避战祸，许多名人高士隐居泰顺，为了便利交通，建起了许多座桥梁，其中就有为数不少的廊桥，高高的拱桥上建一座长廊，遮风避雨，方便路人歇息。现在，泰顺全县有廊桥 30 多座，与赵州桥、泉州的万安桥、潮州的海阳桥并称中国四大古桥。

中国古代不光建有廊桥，还有亭桥，就是桥上修建亭子，比如扬州瘦西湖上的五亭桥，甚至有更豪华的楼殿桥，就是在桥上修造楼阁式殿宇，比如河北省井陉县苍岩山的楼殿桥。

徽派建筑画出一个江南水乡

　　每年油菜花开的时候，皖南的黄山、休宁地区，赣东北的婺源地区，游人络绎不绝，西递、宏村、江湾等多处古村小镇，拥满了世界各地慕名而来的游客。是的，满目的青山碧水，黄花绿叶，宛若画卷，这么美丽的徽派山水配上白墙褐瓦、雕梁画栋的徽派建筑，构成的经典徽派风光，怎不令人流连忘返。

　　徽派建筑，又称徽州建筑，是皖派建筑的一个分支，也是中国传统建筑的一个重要流派。徽派建筑主要流行于徽文化地区，也就是地跨皖赣的原徽州地区（今安徽黄山市、绩溪县，江西婺源县）及浙江严州、金华、衢州地区。徽派建筑中以徽州的民居、祠堂和牌坊最为典型，被誉为徽州古建筑三绝。

　　徽派建筑最初源于徽州人聚族而居的传统。明代中叶，徽州商人逐渐崛起，至清代，徽商垄断了盐业经营，积累了大量的社会财富，甚至就连康熙、乾隆南巡，也由徽商承办相关事宜。财富的积累加上徽商普遍的乡土情怀，使得徽派建筑得到了空前的大发展，奢华的园林大院一时在徽州地区如雨后春笋般涌现。

　　比起苏州园林，徽派建筑有着独到的特色。徽派建筑坐北朝南，注重内采光；以砖、木、石为原料，以木构架为主，以木梁承重，以砖、石、土砌护墙；以堂屋为中心，以雕梁画栋和装饰屋顶、檐口见长。相较于坐落在开阔的长三角平原水乡的苏州园林，徽派建筑通常依山傍水，在追求美观的同时不失实用。由于山区地形、交通的诸多限制，徽派建筑的结构通常相较苏州建筑更加简单，出于防御性的考虑，外墙也更加高大与坚固。

　　"四水归堂"，是徽派建筑独有的布局模式，其理念源自徽州文化传承中"天人合一"的传统思想。其特点是：建筑布置紧凑，院落占地面积较小，住宅的大门多开在中轴线上，迎面正房为大厅，后面院内常建二层楼房。由四合院围成的小院子通称天井，仅作采光和排水用。因为屋顶内侧坡的雨水从四面流入天井，寓意水聚天心，故有"四水归堂"之称。这种布局适应了徽州土地狭小、人口稠密的特色，将空间的利用效率尽可能地提高，加之布置精巧，形态美观，实属我国古建筑艺术的上乘之作。

下左图：婺源的徽派建筑；
下右图："样式雷"烫样。

链接

了不起的样式雷

　　清朝建都北京268年，其中200多年的皇家建筑是由一个家族设计、修建的，这个家族就是"样式雷"。

　　"样式雷"祖籍江西永修。康熙年间第一代"样式雷"雷发达从江宁来到北京，经第二代雷金玉到光绪末年第七代"样式雷"雷廷昌，"样式雷"负责过北京故宫、三海、圆明园、颐和园、承德避暑山庄、清东陵和西陵等重要工程的设计，可以说，现在的游客朋友在北京看到的所有金碧辉煌、美轮美奂的清代建筑，都是这个家族的手笔。近代著名建筑家朱启钤曾说："样式房一业，终清之事，最有声于匠家，亦自（雷）金玉始。"

　　独树一帜的"样式雷"，是了解清代建筑和设计程序的重要资料，也是"样式雷"家族留给中华民族的无价瑰宝。

苏州园林甲天下

1899年，英国一位年轻的园艺学者威尔逊来到中国，为西方收集、引种花卉植物，十多年过去，1913年，他出版了著作《一个博物学家在华西》，1929年再版时易名《中国——园林之母》，从此，"中国——园林之母"，为世界植物学者和园艺学家所接受。

的确，世界园林的经典在中国，而中国园林的经典，在苏州。"咫尺之内再造乾坤"的苏州园林作为我国古典园林艺术的代表，久负盛名。

苏州园林的历史最早可追溯到春秋时期，南方强国吴国建都姑苏，兴建王家园囿，是为苏州园林建筑之始。到了晋代，江南士族顾氏营建的辟疆园成为最早记载的私人园林，一时被称为"吴中第一"。至宋代，苏州的园林建筑艺术开始成熟，著名的沧浪亭即为这一时期的经典之作。

明清时期，江南一带无论在经济上还是文化上，都成为全国翘楚，苏州作为江南经济的中心之一更是处在繁华的巅峰，各式园林鳞次栉比，蔚为壮观。据统计，在16—18世纪的全盛期，苏州共有园林200余处，至今保存尚好的就有数十处，包括中国四大名园中的拙政园和留园。

苏州园林之所以甲天下，有这几个得天独厚的原因：1.苏州地处江南水乡，因水造园，非常方便，所以，苏州园林中，水是重要的元素，是景观核心；2.苏州附近的太湖石多不胜数，就近取材，便于堆砌假山；3.苏州人有浓厚的艺术情结，绘画、苏绣、苏州评弹等民间艺术兴盛；4.最重要的一点，苏州地处江南鱼米之乡，环境优良，气候宜人，物产丰富，经济发达，百业兴旺。

苏州园林的拥有者们，大多是辞官赋闲的官宦人家，大多资产雄厚、见多识广、博学多才、结交广泛，有着很高的文学素养和艺术情怀。因此，苏州园林在设计上可谓穷极风雅之能事，普遍设计得别有洞天、一步一景，或造曲水流觞或写湖山真意。

苏州古典园林在世界造园史上有着独特的历史地位和价值，以写意山水的高超艺术手法，蕴含浓厚的中国传统思想和文化内涵，既是东方文明的造园艺术典范，也是中华园林文化的骄傲。

下左图：苏州园林代表作——留园；
下右图：位于广东佛山的清晖园。

链接

独具特色的广东园林

中国的园林艺术有两大流派，一派是蜚声海内外的苏州园林，另一派就是非常有特色的岭南园林艺术。

由于地处热带，又受南迁的中原文化的影响，广东园林有着独到的特征：山水景观英石堆山和崖潭格局并存，建筑缓顶宽檐、碉楼冷巷，装饰三雕三塑，蓝绿黄色彩对比鲜明；桥以廊桥为主，雕梁画栋；讲究水流的布局，因为广东人笃信水能带财，水中往往嬉游着肥硕名贵的锦鲤；植物更是有着浓厚的热带特色，一年四季花团锦簇。

广东园林最著名的有佛山市顺德区的清晖园、禅城区的梁园，广州市番禺区的余荫山房和东莞的可园，它们并称为"岭南四大园林"，鲜明地展示了具有独特韵味的岭南文化。

救人一命胜造七级浮屠

　　"救人一命，胜造七级浮屠"，这句熟语想必所有人都不陌生。浮屠到底是什么？造七级浮屠又是什么意思呢？

　　浮屠的词源有两种解释，一是梵文Buddha（原意为佛）的音译；二是梵文Buddhastupa（原意为供奉舍利子、佛像、佛经的建筑）音译"浮屠堵波"的简写。无论哪一种解释，都充分体现了浮屠一词与佛教的渊源。晋代以后，随着汉语的进一步发展，在翻译西域佛典时创造了"塔"字，用以指代"Buddhastupa"。从此，"佛塔"替代了"浮屠"，成了汉语中对传自印度的经典佛教建筑的称呼。

　　所以，"七级浮屠"的意思就是"七层佛塔"。我国古代佛教文化认为，出资修建佛塔弘扬佛法，是一件能极大提升功德的大善事，而"救人一命胜造七级浮屠"，更是充分地体现出了生命的珍贵及善行的必要性。

　　佛塔（浮屠）在我国古代建筑文化中有着举足轻重的地位。当佛教传入我国时，为了与我国的传统文化相适应，佛教也向中国传统的礼制祠祀靠拢，源自印度的佛塔传入中原后也开始本土化，和古典的楼阁台榭结合起来，"上悬铜串九重，下为重楼阁道"，即在多层的楼阁顶加上一个有九层相轮的塔刹。同时，营建佛塔可增加功德的佛教文化也流行起来。

　　由于佛教文化中对营建佛塔的推崇，中国古代凡崇佛的国君或掌权者，都对营建佛塔有着极大的热情，一座座七级甚至九级的佛塔在神州大地上拔地而起。今天我们熟知的西安大雁塔、山西应县释迦塔、杭州六和塔，乃至传说中的北魏洛阳永宁寺通天塔等，都是佛塔建筑中的精品。这些佛塔建筑的存在，极大地丰富了我国的传统建筑艺术，体现了古人绝妙的建筑智慧。

下左图：西安大雁塔；
下右图：传说中的
通天宝塔——永宁
寺塔。

链接

永宁寺通天塔

　　我国现存最高的木塔，也是世界现存最高的木塔，是山西应县的释迦塔，塔高 67.31 米，底层直径 30.27 米。但是在我国的北魏时期，曾经存在过一座远比释迦塔更宏伟的通天巨塔——洛阳永宁寺通天塔。

　　据史料记载，永宁寺通天塔始建于北魏孝明帝熙平元年（公元 516 年），于公元 519 年建成，由当时临朝听政、笃信佛法的胡太后主持修建。关于通天塔的高度，史料上众说纷纭，比较可信的说法是"塔高四十九丈"，即 136.71 米，连同塔刹高 147 米。1979 年，我国对洛阳汉魏故城遗址组织了考古发掘工作，确定了曾被认为是汉质帝静陵的"陵冢"实际上是通天塔遗存的塔基。塔基规模巨大，边长 38.2 米，印证了宏伟的通天塔曾经存在的事实。

　　遗憾的是，通天塔仅仅存在了 16 年。北魏孝武帝永熙三年（公元 534 年）二月，雷电击中永宁寺塔引发大火，将整座木塔付之一炬，昔日恢宏的通天巨塔，如今仅余下那巨大的塔基，静静地诉说着往昔。

中国功夫蜚声海外

2018年2月17日，中国外文局首次发布《中国话语海外认知度调研报告》。报告显示，近两年英语圈国家熟悉度排在前100名的中国词汇中，"少林"一词高居榜首！

少林，代表的是中国功夫。而功夫（英文Kung fu），正是外国朋友对中国武术的爱称。

"功夫"，这个词因200年前法国传教士将中国道家的行气之功介绍到欧洲并按照汉语音译而来，不过，当时并未在西方普及。直到20世纪60年代，一代巨星李小龙的功夫电影在美国大受欢迎，开创了一股席卷全球的"武术热"，Kung fu、Wing tsun（咏春）等开始在全球传播，中国功夫逐渐蜚声海外。

中华武术历史源远流长。早在东汉《汉书·艺文志》"兵书"类的"兵技巧"部分中，便有对于武术技巧的介绍，共13家、199篇，其中"手搏六篇""剑道三十八篇"等都是绝世真传。遗憾的是，这些武术典籍都已亡佚。

我国现存最早的武术书籍，是宋代调露子著《角力记》，记载了我国从春秋战国到五代十国的摔跤历史，对角抵、相扑的发展与研究均有极大的影响，曾传播至蒙古及日本，对这两国摔跤及柔道项目的发展做出重大贡献。

明清两代是我国武术趋于完善的时期，涌现了一批如《纪效新书》《剑经》《手臂录》等图文并茂的含有格斗技法的著作。《三侠五义》《施公案》等武侠小说的流行更是对武术文化的流行起到了推波助澜的作用。随着商业经济的发展，商人护送货品的需求也催生出了打行以及镖局等以武为生的保镖机构，更加促进了习武之风的盛行。

中国改革开放后，随着电影《少林寺》的上映，以及金庸、梁羽生、古龙等武侠名家作品的流行，中国内地出现了延续多年的武术热潮，一部《少林寺》居然创下了1亿元的票房神话，当时票价一角钱一张，相当于全国10亿人每个人都去看过一次电影《少林寺》！嵩山少林寺门外总是聚集着大批希望学习武术的青少年, 保证了武术这门中国绝活在神州大地在生生不息!

链接

十八般武艺

听过《岳飞传》《杨家将》等传统评书的读者想必对于"十八般武艺"不会陌生：刀、枪、剑、戟、斧、钺、钩、叉、鞭、锏、锤、抓、镋、棍、槊、棒、拐子、流星。

十八般武艺又叫十八般兵刃, 是冷兵器时代对于单兵兵器的统称, 各个朝代有细微变化, 比如明朝就将"弓"和"弩"排在前两位, 充分表明了当时作战对于远距离兵器的重视, 第十八位是"白打", 也就是武术拳脚了。清朝的第十八位是"藤牌", 说明了当时对于杀伤力有限的火枪的重视程度。

十八般武艺代表的冷兵器时代, 从先秦时代一直流行到清朝, 在我国风行了数千年, 具有顽强的生命力。一直到抗日战争时期, 中国来自北方的不少军队, 还有大刀队的编制, 将士们手舞系着红缨的大砍刀, 杀得日寇心惊胆寒。

大名鼎鼎的蒙汗药

热爱武侠小说和古典小说的朋友，想必对蒙汗药不会陌生。在武侠小说的描述中，蒙汗药麻醉作用极强，无论是武艺多么高强的江湖豪杰，只要不慎被下了药，便会昏睡过去，失去知觉，任人宰割。那么，这神奇的药物到底是否真实存在呢？

首先可以肯定，蒙汗药是真实存在的。蒙汗药的主要成分，是曼陀罗草的浸液。曼陀罗，又名洋金花、大喇叭花，是一种有毒的茄科植物，原产于西域地区，经丝绸之路传入我国，在古籍中又有"押不芦""尸参"的称呼，它的浸液主要成分是东莨菪碱、莨菪碱和少量阿托品。我国古代很多医书都有用曼陀罗花作为麻醉剂的记载，如司马光《涑水记闻》载："五溪蛮汉，杜杞诱出之，饮以曼陀罗酒，昏醉，尽杀之。"

蒙汗药的"蒙汗"之名，也与曼陀罗草的药效有关。现代医学研究表明，曼陀罗草中含有的阿托品和东莨菪碱成分，除了有麻醉效果外，还会阻断外分泌腺神经传导，因此服用之后，汗腺、泪腺、唾液腺的分泌均会受到影响。炎炎夏日，汗流浃背之际，服用了含有蒙汗药的药酒，不仅身体被麻醉，满身大汗也一瞬间被消了下去，这就是"蒙汗"之意。

据明代洪武年间成书的《普济方》中记载，服用蒙汗药后的症状是眼睛大睁，口不能言，如同喝醉一般；而解蒙汗药的办法或者是服用解药，或者是用冷水喷心口。蒙汗药解药的成分，却是众说纷纭，最广泛的说法之一是甘草汁。如清代程衡《水浒注略》载："急以浓甘草汁灌下，解之。"甘草汁在我国古代的传统医学中被认为是能解百毒的灵药，因此作为蒙汗药的解药也在情理之中。

无论是蒙汗药具体的成分，还是解毒剂的药理，仍需经过更严谨、更科学的印证。不过，无论结果如何，这种传奇的古代麻醉剂仍将触动文学家们的想象力，成为武侠小说、惊险小说中非常重要的"剧情推动器"。

下左图：曼陀罗草的
浸液被认为是蒙汗药
的主要成分；
下右图:《本草纲目》
中的草药。

链接

华佗与麻沸散

　　华佗是东汉末年三位杰出的医学家之一。"华佗再世"，一直是后世对于神医的赞誉。遗憾的是，华佗因得罪曹操而入狱，其毕生心血《青囊书》也失传了。

　　麻沸散，传说是华佗创制的用于外科手术的麻醉药。《后汉书·华佗传》载："若疾发结于内，针药所不能及者，乃令先以酒服麻沸散，既醉无所觉，因刳破腹背，抽割积聚（肿块）。"

　　华佗使用的麻沸散，推测成分为毛茛科乌头类的植物，也就是利用乌头碱的中枢毒性进行麻醉。今天，社会上也流传着麻沸散，由曼陀罗花、生草乌、香白芷、当归、川芎、天南星6味药构成，或由羊踯躅、茉莉花根、当归、菖蒲构成，其实均非华佗发明的原始配方，主要成分就是曼陀罗草。

　　中国古代医学博大精深，明朝李时珍在总结包括华佗在内的前人成果的基础上，加上自己的实践，完成的《本草纲目》，成为中华医学宝库中的经典之作。

《黄帝内经》，中华医学的奠基之作

每一个人都看过中医。中医是中华传统文化的重要组成部分，与中华民族几千年来信奉的中庸、和谐的"道"息息相关。中医的理论基础和实践基石，来自一本奇书——《黄帝内经》。

《黄帝内经》，是中国最早的医学典籍，也是中国传统医学四大经典之首。《黄帝内经》是一本综合性的医书，以中国古代的黄老哲学理论为基础论，奠定了中医学的基本原则。

《黄帝内经》最重大的成就，就是阐释了五行学说与人体系统的关系。金、木、水、火、土五行相生相克学说，是中国古代哲学的基础，中国人的思想、行为，便是建立在这个基础上的。《黄帝内经》以人体的五大系统分别对应五行：肝与木、心与火、脾与土、金与肺、水与肾，认为五脏与五行若保持相对平衡稳定，和谐相处，人的身体便处于健康状态；如果五脏与五行失调，出现太过、不及或反侮，便会导致疾病的发生。所以，在这样的理论指导下，中医通过研究人体整体各个系统之间的关系，并且通过中药、按摩、针灸，甚至心理作用去调节、修复各个系统之间的平衡，从而达到治疗疾病的目的。在此基础上，又演化出来"脉象学"和"经络学"。

《黄帝内经》分《灵枢》《素问》两部分。《灵枢》又名《九卷》《针经》，论述了脏腑、经络、病因、病机、病证、诊法等内容，还重点阐述了经络腧穴，针具、刺法及治疗原则。《素问》是《灵枢》的姊妹篇，主要记述了人体生理、病理、诊断、治疗的基本理论，突出阐释了阴阳五行、天人合一的哲学观。

《黄帝内经》的成书时代众说纷纭，相传为黄帝本人所作，书名也因此而来，后世经过研究，认为最终成书时间约在流行黄老哲学的西汉前期，作者不止一人，是一部跨时代、多作者的浩大作品，指导了后世几千年的中医理论与实践，历史上的名医扁鹊、华佗、张仲景、皇甫谧、孙思邈、李时珍等，都是在这部奇书的指导下，救死扶伤，将中医的神奇推广到全世界。

下左图：《黄帝内经》；下右图：张仲景塑像。

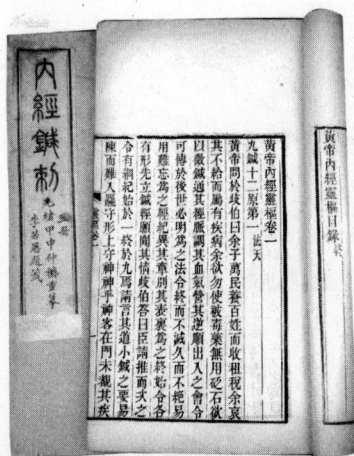

链接

"医圣"张仲景

现代中药店都有个堂号，诸如"回春堂""同仁堂""胡庆余堂"。是药店，又不是官衙，何来这个"堂"字呢？这要从东汉"医圣"张仲景说起。

张仲景（约150—约215），东汉南阳人（今河南邓州市），作为"医圣"，诊疗、挽救了无数病人，还完成了一部著名的医书《伤寒杂病论》，这是一本我国医学史上影响最大的古典医著，也是我国第一部临床治疗学方面的巨著，对后世影响巨大。

张仲景不光是"医圣"，还是一位高官，他通过"举孝廉"进入官场，官至长沙太守，相当于今天的湖南省委书记。刚到长沙不久，当地闹瘟疫，很多百姓慕名求医，他便在处理完公务后，在自家后院为百姓诊疗。老百姓越来越多，自己家里坐不下了，他索性把诊所搬去太守公堂，每月初一和十五公开坐堂应诊，救活了很多百姓。这一举动被传为千古佳话，从此，中医大夫的处方落款前往往加上"坐堂医生"四个字，中药店也便命名为"某某堂"了。

北宋·王希孟 《千里江山图》

登鹳雀楼　　唐·王之涣

白日依山尽，黄河入海流。
欲穷千里目，更上一层楼。

第十一编

新的时代

一带一路，新时代的丝绸之路

　　有这样一个场景：茫茫草原，夕阳西下，一队商旅赶着骆驼、马匹，踯躅前行。骆驼上满载着瓷器、丝绸、茶叶和水。驼铃声响，商队慢慢消失在天际。这就是中国古代的丝绸之路。

　　丝绸之路，是指古代中国连接亚、非、欧洲的商业贸易路线，从最初的货物贸易，逐渐演变成东西方经济、文化的交流渠道。这个命名是1877年德国地质地理学家李希霍芬首次提出的。

　　丝绸之路分海陆两条，陆上丝绸之路指西汉（前202年—8年）汉武帝派张骞出使西域开辟的以长安为起点，经凉州、酒泉、瓜州、敦煌、中亚国家、阿富汗、伊朗、伊拉克、叙利亚等而达罗马，全长6440公里。

　　海上丝绸之路，指始于秦汉时期，从广州、泉州、明州（宁波）、扬州等沿海城市出发，从南洋到阿拉伯海，远达非洲东海岸，继而到达欧洲的海上贸易通道。这个命名1913年由法国的东方学家沙畹首次提及。

　　2013年9月和10月，中国国家主席习近平分别提出借用古代丝绸之路的历史符号，高举和平发展的旗帜，积极发展我国与沿线国家的经济合作伙伴关系，共同打造政治互信、经济融合、文化包容的"一带一路"政策。

　　一带，就是丝绸之路经济带，一路，就是21世纪海上丝绸之路。

　　"丝绸之路经济带"，国内圈定了新疆、重庆、陕西、甘肃、宁夏、青海、内蒙古、黑龙江、吉林、辽宁、广西、云南、西藏等13个省、市、自治区，分为北线、中线、南线、中心线。"21世纪海上丝绸之路"国内圈定了上海、福建、广东、浙江、海南等5个省市。以上共计18个省、市、自治区。

　　5年来，已有80多个国家和国际组织同中国签署了合作协议。

　　5年来，我们目睹了"一带一路"沿线的巨大变化，当年缓慢前行的骆驼，变成了今天穿上红黑"制服"的中欧班列；当年清脆的驼铃声，变成了今天数十万吨巨轮响亮的汽笛；当年行动敏捷的马匹，变成了今天翱翔于蓝天的专线航班……

下图：一带一路示意图。

2017年5月14日，国家主席习近平在"一带一路"国际合作高峰论坛上提出，中国要推动科技创新，连接成一条21世纪的数字丝绸之路，新时代的"一带一路"展示出更加绚烂的前景！

链接

tea 和 chai

都说语言能够见证历史。有一个很有趣的例子，仅仅从"茶"的发音上，就可以判断出中国的"国饮"最早是走哪条路线到达欧洲的。

"茶"的英语发音是"tea"，法语"the"，德语"tee"，荷兰语"thee"，念起来都是"替"这个音，这是源于闽南方言"茶"的读音"te"，说明这些国家的茶叶最早是从福建走海上丝绸之路输入的；再看俄语"茶"的发音"chai"，恰恰是中国北方话"茶"读音"tsha"的对音，从中亚到东欧的国家都是类似发音，波斯语"cha"，阿拉伯语"shai"，土耳其语"cay"，罗马尼亚语"ceai"，说明这些国家的茶叶最早正是经西北的丝绸之路西传的。

仅仅一个"茶"字的发音，就生动鲜活地勾勒出了古代中国货物运往欧洲的两条主要通道。

孝顺，百善之首

古语云："百善孝为先"。中华文化之所以博大精深、源远流长，中华传统美德中的"孝道"是一个重要因素。

中华文化最大的特点就是重视家庭，重视伦理。自周朝开始，就明确提出了"家天下"的概念，而"家天下"最重要的内容是重视"孝道"。古代的孝子很多，孔子门徒曾参，汉景帝刘恒，黄香，曹娥，王翔等，都是著名的孝子。古代孝子经常能被"举孝廉"出任官职，因为古代统治者认为，凡是孝子，人品必定很好，就可以担负更多的社会责任。

元朝人郭居敬，曾写了一本书《二十四孝》，收录了从上古至唐宋的24个孝心小故事，分别是：孝感动天、亲尝汤药、啮指心痛、单衣顺母、为亲负米、鹿乳奉亲、戏彩娱亲、卖身葬父、为母弃儿、涌泉跃鲤、拾椹供亲、刻木事亲、怀橘遗亲、行佣供母、扇枕温衾、闻雷泣墓、恣蚊饱血、卧冰求鲤、扼虎救父、哭竹生笋、尝粪忧心、乳姑不怠、弃官寻母、涤亲溺器，形象而朴素地宣扬了古之"孝道"。当然，以今天的眼光看，其中也不乏少数封建糟粕的东西。

时代不断前行，新的时代，对"孝"文化的理解既要传承也要创新。2012年8月13日，全国妇联老龄工作协调办、全国老龄工作委员会办公室、全国心系系列活动组委会共同发布了新版"二十四孝"，根据时代的要求，增添了很多新内容，包含经常带着家人回父母家，教父母上网操作微信，每周给父母打个电话，为父母购买合适的保险，带父母去旅游，和父母一起锻炼身体，陪父母看一场老电影，听一首老歌等。与旧"二十四孝"相比，"新二十四孝"与时俱进，充满了鲜活的时代元素。

新的时代，我们应该如何孝顺父母和长辈呢？家家户户情况不同，每位老人的个性也不同，具体的方式可能有很多种，但我说，最最主要的，就是多陪伴。就像一句广告词说的：陪伴，就是最好的孝顺。老人年纪大了，害怕孤独，希望有个伴，作为子女，经常回家陪伴老人，就是老人最开心的事，也是最大的孝顺。

下图：《二十四孝》图册。

链接

孝女黄梦

　　山东卫视"天下父母"栏目组"中国十大孝子"候选人中，有一位叫黄梦的小女孩，年仅 6 岁，却挑起了照顾瘫痪母亲的重担。

　　黄梦，四川宜宾市江安县石岗村一个普通女孩，童年家庭便遭遇巨大变故，父亲入狱，母亲罗水先摔伤脊柱，长期瘫痪在床不能行动。

　　当许多 6 岁的孩子还在父母怀中撒娇时，黄梦已经承担起了照顾母亲的重任。每天黄梦起床后的第一件事就是生火烧水，帮母亲洗脸、擦手，之后站在小凳子上做饭，端到母亲面前，与母亲共用一双筷子一只碗，喂母亲一口，自己吃一口。每天还要早晚喂鸡喂鹅，协助母亲洗衣服。

　　艰辛的童年和生活的重担并没有使黄梦失去孩童顽皮可爱的天性。在照顾母亲的空余时间里，她会拿长凳当马骑，听到母亲呼唤，她又会立刻出现在母亲面前。

　　小小的黄梦，用羸弱的双肩，为母亲撑起了一片蓝天。她用爱，诠释着生活的真谛；她用孝，彰显着超越平凡的勇气。

诚信，一个人的社会图章

"诚实守信"，是中华民族的传统美德之一，也是中国人自古就恪守的重要规范和行为准则。

拆开"诚信"这个词，"诚"字，是"言必成"，"信"字，"人言为信"，两个字的意思，就是表明说出的话就要算数。

孔子曰："人而无信，不知其可也。"孟子也说："诚者，天之道也；思诚者，人之道也。"项羽手下的大将季布，以诚信名闻于世，时人说："得黄金百斤，不如得季布一诺。"这就是成语"一诺千金"的由来。项羽兵败后，刘邦通缉季布，很多人却出面保季布，认为这是一位诚实守信的好人。后来，季布不仅保住了性命，还得到了刘邦的重用。

一个人，若没有信誉的支撑，就没有人格的树立，靠什么在人生的路上前行呢？所以，《论语》还说："民无信不立。"没有信用，就没有立足之地；没有信义，就没有立世之本。

2015年4月21日，习近平总书记在巴基斯坦议会的演讲中说道："巴基斯坦认为'诚信比财富更有用'，中国认为'人而无信，不知其可也'，两国传统文化理念契合相通。" 在党的十八大报告中，"诚信"，也名列二十四字社会主义核心价值观之列。

一人之信，一言既出，驷马难追；一国之信，国之责，重九鼎，诺千金。《左传》中提到"信，国之宝也"，诚信是国家的宝藏。一国对内要建立信誉，对外要维护信用，面对国家、民众才能形成政府的公信力。

"诚信"二字，是高尚的品德，更是一种价值理念，人无信不立，国无信不威。诚信，是一种形而上的无形力量，在形成抑恶扬善的社会风气中也起着潜移默化的作用。诚信如真金不怕火炼，如品牌经得起时间的印证，如经典的作品永不沉没。

青年朋友们，诚信，是一个人最重要的品德。请坚信，恪守诚信，你的人生道路就一定会走得通，走得顺！

左图：一诺千金的季布；

下图：著名的信用评级公司标准普尔公司。信用在当今的商业社会变得愈发重要

链接

"狼来了"不是吓小孩子的

认识一个人，平时就觉得他有点不靠谱，没想到前阵子因为债务纠纷，他上了法院的失信黑名单，结果弄得自己很狼狈，乘不了飞机，坐不了高铁，急着去上海办事，每天三四十趟方便的高铁坐不了，只能晚上坐普通火车，不能享受快捷舒适的现代文明成果。

看看，失去诚信的后果多麻烦，多可怕！

每个人都知道"狼来了"的故事，可是，很多人就是不接受教训。

今天的社会，是大数据时代，一个公民，一举一动都被记录在案，银行、支付宝等机构都有自己的信息，信用记录完全在阳光下。如果信用记录良好，你可以免押金租借雨伞、自行车，甚至借钱都可以多借一点；如果信用记录不佳，被列入黑名单，则可能在真正需要帮助和救援的时候四面楚歌。

诚信要靠自觉，"狼来了"不是吓唬小孩子的。

努力，才可能登上梦想的山顶

　　国画大师齐白石出身贫寒，曾作过农活，当过木匠，他从民间画入手，通过摹画《芥子园画传》，走上艺术道路。他学诗文书法，游山川名胜，做幕僚寓客，终于成了诗、书、印、画无一不精的艺术大师。他的成功秘诀就是，每天给自己规定画5幅画，无论如何都要完成。如果前一天因事情耽误，第二天一定要把耽误的补回来。

　　正因为不懈努力，齐白石才获得了成功。

　　努力，就是一个人能否成事的决定性因素！所谓"态度决定一切"！

　　古今中外众多名人大家都阐述过努力的意义。唐朝著名诗人韩愈说："业精于勤，荒于嬉；行成于思，毁于随。"《增广贤文》也表达过类似的理念："学如逆水行舟，不进则退"。

　　新的时代，青年人要想在激烈的社会竞争中取得成功，从而实现自己的价值，更是要努力奋斗。2018年5月2日，习近平总书记在北京大学师生座谈会上对广大青年提出了4点希望：一是要爱国，忠于祖国，忠于人民；二是要励志，立鸿鹄志，做奋斗者；三是要求真，求真学问，练真本领；四是要力行，知行合一，做实干家。总书记的殷切希望，激励着广大中国青年必须用更努力的人生态度，为自己、为社会贡献力量！

　　努力，是生命的闪光；努力，是青春的辉煌。那些端坐在教室里认真听讲的孩子是努力的；那些工作岗位上加班加点为事业拼搏的年轻人是努力的；那些在商海中大展身手的企业家是努力的；那些在实验室里攻克一个个科学难关的科研团队是努力的……努力，能满足我们的社会需要，能提升我们的生活品质，能让我们活成自己想要的样子。

　　努力的人，都有一个共同的价值基点：有梦想的人生是快乐的，为梦想努力奋斗的人生是充实的！

链接

用生命打排球

2016 年 8 月 21 日，巴西里约马拉卡纳体育馆，第31 届夏季奥运会女排决赛第四局正在紧张地进行，对手是中国和塞尔维亚。前三局大比分 2 比 1，中国队领先，第四局比分打到了 24 比 23，领先的中国队只需要1 分，就可以踏上奥运冠军的宝座。空气仿佛窒息了，大家都紧张到了极点！

中国队张常宁发球，皮球被对手的自由人直接垫过网，只见中国队 12 号惠若琪高高跳起，一个漂亮的探头球，中国队赢了，时隔 12 年再次获得奥运冠军！

您知道吗？为中国队获得这宝贵一分的惠若琪，却是一位仅仅半年前还进行了心脏大手术的病人！

早在 2015 年中国女排出征世界杯之前，正在紧张备战的惠若琪突然被诊断出了心脏病，做了手术，结果错失了当年的世界杯冠军。眼看奥运会就要到了，惠若琪的身体依然不允许她比赛，惠若琪毅然做了第二次手术。手术台上，她失去知觉几十分钟，是电击才把她从死神那里拉了回来！

奥运赛场上，惠若琪不顾自己的身体，多次高高地起跳、重扣，连续为中国队拿下半决赛和决赛的最后一分。她说："我就算死，也要死在赛场上！"正是因为这样用生命打球的拼搏、奋斗精神，才成就了惠若琪的奥运冠军梦，才成就了中国女排这支 9 次获得世界冠军的王者之师，才在中国成就了一种"女排精神"！

上左图：一代大师齐白石；

上右图：惠若琪（右）和恩师郎平。

自信，中国人的精神之本

　　战国时期，强大的秦国军队进攻赵国，长平之战大败赵军，攻至赵国都城邯郸城下。平原君赵胜奉赵王命，派遣手下20位门客去找楚王求救，赵胜找了19人，只见一个貌不惊人、叫毛遂的人自荐前往。赵胜说："你在我手下，不显山不露水，你就算了吧。"毛遂昂然说："我之所以没有表现，是因为你没有给我机会。"凭借着自信，毛遂打动了赵胜。到了楚王那里，赵胜说了一个上午，都说服不了楚王，毛遂急了，冲上前去，持剑逼着楚王，说："现在大王性命就在我手中。"然后把出兵援赵也对楚国有利的道理做了一番分析，楚王听得心服口服，立即改变了想法，联合魏国出兵，解了赵国之围。平原君自此将毛遂待为上宾，说："毛先生至楚，楚王就不敢小看赵国。"

　　自古以来，中华民族就是一个自信的民族。上下五千年文明传承的中华文化，也让我们有自信的根基，正如李白对酒高歌："天生我材必有用。"

　　习近平总书记在十三届全国人大第一次全体会议上说："中国人民的特质、禀赋不仅铸就了绵延几千年发展至今的中华文明，而且深刻影响着当代中国发展进步，深刻影响着当代中国人的精神世界。"这是对中华民族五千年来自信、自强于世界民族之林的最好诠释！

　　爱默生说："自信是成功的第一秘诀。"自信，是一种对于自身准确的认知与判断，这点特别重要。尤其是年轻人，血气方刚，当然应该信心满满，对自己有一个充分的正确认知，准确地判断自己的能力，甚至可以说，自信，就是年轻人最宝贵的财富。有了自信的心态，才可能以充满激情的状态，去面对工作中、生活中的一切挑战！

　　当然，在自信的同时，也要警惕一个误区，就是千万不要盲目自信，不要陷入"自信"的误区。有一些年轻人自信是自信了，觉得自己什么都不怕，什么都能搞定，结果却是盲目自信，真正遇到事情，眼高手低，把事情弄啥，也损坏了社会对自己的评价。

　　作为年轻人，我们最应该拥有的态度，就是多学习，多思考，时刻对于自身的优劣保持清醒的认识，提升自身实力，弥补不足的部分，保持一颗强大的为民族为国家贡献力量的信心，这个时候，你一定是一位美丽的自信的人。

下图：2018 年 5 月，国产航母海试。

链接

自信强军

　　2018 年 4 月 12 日上午，人民海军在南海海域进行了盛大的阅兵活动，中国海军先进的军舰、飞机、导弹隆重地接受了习近平总书记及全国人民的检阅！

　　回想 1978 年改革开放时，中国军队的武器装备落后世界先进水平三四十年，中国国防面临极大的危机。中国的军事科技研究人员凭着对事业的执着和自信，不屈不挠，刻苦攻关，对外积极合作，引进先进的科技技术，对内苦练内功，积极开展研发工作，不过短短 40 年时间，中国军队的整体装备水平已经跻身于世界前列，先进中远程导弹、九九式坦克、远程火箭炮、歼 20 战机、预警机、无人机、055 大驱、国产航空母舰、先进潜艇、电磁炮等一批批精良的海陆空装备陆续列装，其中的无人机、电磁炮等高科技项目甚至领先于各国，中国的国防力量得到了突飞猛进的发展！

文明的发展，永远离不开优秀传统文化的力量

近10年来，我国对于文化发展的要求日益提高，党的十七大提出了推动"文化大发展大繁荣"；到了十八大，明确"建设文化强国"；刚刚结束的十九大，党中央强调要"坚定文化自信"。文化在国民经济与社会发展中的重要性日益体现。

文化，就是人类生活要素形态如衣、冠、文、物、食、住、行等方面的总称。换句话说，文化是相对于政治、经济而言的人类全部精神活动及其产品。

人类之所以发展成为地球上唯一的高等级生物，创造出了灿烂的文明，就是因为精神活动，也就是有了文化的作用力。这是推动人类社会进步的唯一要素。

科学证明，人与犬有近96%的基因相同，1.93万个犬基因中，至少有18473个与人类的基因相同，可是，犬的智商再高，对人的依赖度、忠诚度再高，它也只能是犬，成为不了人，就是因为那有差别的4%的基因，所以，它不可能像人一样能够创造精神产品，能够创造自己的文化！

文明的发展，永远离不开文化的力量，尤其离不开优秀传统文化的力量。

中华传统文化，也叫华夏文化，华夏文明，是中华文明成果的总和，是中华民族五千年道德传承、文化思想、精神观念形态的总体，是中华民族屹立于世界民族之林的最重要的软实力！

社会的发展，文明的进步，说到底，就是文化的发展与进步。今天中国翱翔在太空的天宫二号，不就是源于当年莘七娘发明的孔明灯对太空的探索？今天中国游弋在大洋的航空母舰，不就是来自当年徐福船队对于海上仙山的探寻？今天中国的新四大发明"高铁、扫码支付、共享单车和网购"，不就是当年吴承恩笔下七十二变孙悟空的现实版？

党的十九大召开，确定了"坚定文化自信"的道路；2018博鳌论坛，习总书记发表了面向未来，兼容并蓄，加强文化领域合作，推动文明互鉴的宣言，中国

不光要引入可口可乐、好莱坞和思密达，也要输出孔子、老子和丝绸之路；南海海军大阅兵，展示了中华传统文化的坚强守卫者的实力……中华传统文化生生不息，传承无限，永远引领着文明的发展！

各位青年读者，希望读了这本书，可以激发你们去了解传统文化知识，促进自身发展，并立志为中华民族伟大复兴"中国梦"的实现做出贡献！

下图：文化，促进人类文明的进步。

链接

中华优秀传统文化的内容

中华优秀传统文化包括思想、文字、语言、六艺（礼、乐、射、御、书、数）、艺术、医学、武术、节日、民俗等方面诸多内容，其中艺术方面可以细化为古文、古诗词、乐曲、赋、民族音乐、民族戏剧、曲艺、国画、书法、棋类、对联、灯谜、射覆、酒令、歇后语等诸多方面。

中华优秀传统文化是我们生活中息息相关的元素，它融入我们的生活，我们时刻享受它而不自知，可以说已经深深嵌入每一个中国人的血脉。

图书在版编目（CIP）数据

传承：中华优秀传统文化青年读本 / 杨海涛编著. -- 南昌：百花洲文艺出版社，2018.5

ISBN 978-7-5500-2802-9

Ⅰ. ①传… Ⅱ. ①杨… Ⅲ. ①中华文化－青年读物 Ⅳ. ①K203-49

中国版本图书馆CIP数据核字(2018)第072737号

传　承

杨海涛　编著

出 版 人	姚雪雪
责任编辑	余　莊
书籍装帧	方　方
制　　作	周璐敏
出版发行	百花洲文艺出版社
社　　址	南昌市红谷滩新区世贸路898号博能中心A座20楼
邮　　编	330038
经　　销	全国新华书店
印　　刷	江西千叶彩印有限公司
开　　本	710mm×1000mm 1/16　　印张 16
版　　次	2018年6月第1版第1次印刷
字　　数	250千字
书　　号	ISBN 978-7-5500-2802-9
定　　价	40.00元

赣版权登字 05-2018-179

邮购联系 0791-86895108

网　址 http://www.bhzwy.com

图书若有印装错误，影响阅读，可向承印厂联系调换。